古典詩歌研究彙刊

第十七輯

龔鵬程 主編

第6冊

宋詞論析（上）

房日晰 著

國家圖書館出版品預行編目資料

宋詞論析（上）／房日晰 著 -- 初版 -- 新北市：花木蘭文化出版社，2015〔民 104〕

目 2+152 面；17×24 公分

（古典詩歌研究彙刊 第十七輯；第 6 冊）

ISBN 978-986-404-074-2（精裝）

1. 宋詞 2. 詞論

820.91　　103027250

古典詩歌研究彙刊
第十七輯 第 六 冊　　ISBN：978-986-404-074-2

宋詞論析（上）

作　　者　房日晰
主　　編　龔鵬程
總 編 輯　杜潔祥
副總編輯　楊嘉樂
編　　輯　許郁翎
出　　版　花木蘭文化出版社
社　　長　高小娟
聯絡地址　235 新北市中和區中安街七二號十三樓
　　　　　電話：02-2923-1455／傳真：02-2923-1452
網　　址　http://www.huamulan.tw 信箱 hml 810518@gmail.com
印　　刷　普羅文化出版廣告事業
初　　版　2015 年 3 月
定　　價　第十七輯 14 冊（精裝）台幣 22,000 元

宋詞論析（上）

房日晰 著

作者簡介

房日晰（1940.1 ～），陝西省栒邑縣人，西北大學文學院教授。著有《李白詩歌藝術論》、《唐詩比較研究》、《論詩說稗》、《李白全集編年注釋》（合著）等，現已退休。

提　要

本書是著者多年來研究宋詞的論文、短札的結集，總計 38 篇，涉及宋代 34 位詞人。其中以研究分析詞人藝術特色的理論文章爲主，也有少許考訂、辨僞、補輯、鑑賞文字。既有對蘇軾、辛棄疾、秦觀、周邦彥、賀鑄、吳文英等大家詞作的側面研究與闡發，旨在揭示一些爲論者所忽視或未說透的問題，也有全面探討、評騭一些不爲文學史家重視的詞人，如陳師道、呂本中、趙長卿、程垓、盧祖皋。其內容有三：一是對「以詩爲詞」、「以文爲詞」、「情致」、「著腔子唱好詞」等，結合有關詞人的詞作，作了認眞地闡發；二是對詞的「借境」、「形象描寫」等創作規律，作了較充分地揭示；三是補輯佚詞、考辨僞作、糾正了一些誤校。是書寫作是與著者《宋詞比較論》（《古典詩歌研究匯刊、第十五輯，第九冊》）同步進行的，二者是同胞孿生，雖面貌各異，內容卻互相補充，兩本書一起，較好地展示了宋詞創作的整體風貌與主要詞人的藝術創作個性。可供學習中國古典文學與宋詞研究者的參考。

目次

上冊

上編：詞人作品論

蘇軾詞題序論略

一

詞的題序，是詞雅化與詩化進程中的一個重要標誌。隨著詞的發展，詞的題材逐漸擴大，反映生活內容、事件漸趨繁複，詞也逐漸失去了內容的單純與明晰，其意旨漸趨隱晦朦朧，解讀的難度也逐漸增大。詞人爲了與讀者溝通信息，或以簡明的詞題概括詞的內容，或用小序以明作義或起因，以便讀者了解詞的創作背景與意旨。因此，題序的產生，是詞這種文體發展的必然，它爲詞人自由的抒情與讀者對詞的正確的解讀與闡釋，構築了堅實的橋樑。

詞有題序，雖不始於東坡，但在詞集中有較多較長的題序，卻是蘇軾詞的一個極爲突出的特點，也是詞發展進程中的一個重要標誌，理應引起我們的重視。

蘇軾詞有多少題序呢？我將薛瑞生學兄《東坡詞編年箋證》作了統計。薛本收詞 360 首，其中有題序者 272 首，占全部詞作的三分之二強。其中有較長的可稱爲精采短文的 38 首，約占全部詞作的十分之一強。本文就以此爲重點，作爲評騭蘇軾詞題序的主要依據。

二

蘇軾詞的題序，究竟有哪些特色呢？

首先，蘇軾詞中有些題序，準確地揭示了詞人靈感的來源，爲我們研究蘇軾創作詞時的心態，提供了充分的依據。

創作要有靈感。詞人只有有了靈感，才能將其對現實的深刻感觸昇華爲詞的藝術境界。靈感的產生，沒有一個固定的程式，它是因人而異的。就特定的詩人來說，也會因時、因地、因事而異，惚兮恍兮，變化無窮，令人難以捉摸，不能用一成不變的模式框定。蘇軾寫詞，其靈感往往產生於沉醉之後的清醒，這時詞人腦識特別清晰，情緒極爲順暢，詩情洶湧而出，遂一揮而就。關於他在醉後產生靈感的情景，這在他許多詞的小序中都有透露和揭示，我們可以據此窺知其創作靈感產生的奧秘。這就爲我們研究創作時的心理狀態，找到了堅實的根據。

《水調歌頭》「明月幾時有」題序云：「丙辰中秋，歡飲達旦，大醉。作此篇兼懷子由。」東坡這首懷念其弟蘇轍的詞，是在「歡飲達旦，大醉」之後寫的，其結構大開大闔，「發耑從太白仙心脫化，頓成奇逸之筆。」〔註1〕此詞之所以寫得「奇逸」，實在得之於酒力，酒的刺激使其一時間異常興奮，情緒十分活躍，腦識特別清晰，感情跌宕飛馳，遂產生了如此絕妙好詞。又如《浣溪沙》「覆塊青青麥未蘇」的題序云：「十二月二日雨後微雪，太守徐君猷攜酒見過，坐上作《浣溪沙》三首。明日酒醒，雪大作，又作二首。」也是酒後產生的興致與靈感。喝酒時，興致勃勃，寫詞三首；酒後，詩興未盡，又補寫二首。可見，酒力對蘇軾之寫詞，無疑是最神奇最見效的催化劑。酒使他產生了特殊的興致與靈感，於是才有神來之筆，並隨手揮灑，才寫出了超妙的詞的境界。

關於蘇軾醉後作詞，我們無妨再抄幾個題序：

> 元豐五年七月六日，王文甫家飲釀白酒，大醉。集古句作墨竹詞。(《定風波》「雨洗娟娟嫩葉光」)

〔註1〕鄭文焯：《大鶴山人詞話》，唐圭璋《詞話叢編》，第4321頁，中華書局，1986。

十月九日，孟亨之置酒秋香亭，有拒霜獨向君猷而開。坐客喜笑，以爲非使君莫可當此花，故作此詞。(《定風波》「兩兩輕紅半暈腮」)

餘如《西江月》「照野瀰瀰淺浪」、《減字木蘭花》「春庭日午」、《浣溪沙》「羅襪空飛洛浦塵」等詞，詩人在其題序中都提到了喝酒事，這都說明，他的寫詞與喝酒或酒醉有絕大的關係。他的詞爲什麼那麼多神來之筆？又爲什麼寫得那麼超逸，那麼神采飛揚？讀其詞，似有仙氣充盈其間。其詞之所以能寫得超凡入聖，是因爲在酒後寫詞，將胸中的積鬱與眞言，噴薄而出，又因其極爲興奮，故筆底極見風采。他自己說：「吾醉後作草書，覺酒氣拂拂，從十指間出。」〔註2〕黃庭堅稱東坡書「挾海上風濤之氣。」〔註3〕這雖然講的是蘇軾的書法，但藝術是相通的，他的寫詞，也可作如是觀。

從以上簡單的分析不難看出，飲酒對東坡詞的創作，產生了特殊的作用。研究東坡詞的創作，對此絕不能輕易放過。

其次，詞作爲抒情詩的一種，作者寫詞，或因偶有所感，或因某事對心靈的觸發。其作詞之因由，對詞人自己來說，自然是明白的。然將其特定的感觸表現在詞中，往往是作意莫測或詞旨朦朧的。爲了給讀者解讀與闡釋詞提供一些依據，詞人在其詞的題序中，往往寫了作詞的起因或靈感的觸發點，對讀者閱讀起到導引作用。譬如《定風波》「莫聽穿林打葉聲」的題序云：

三月七日，沙湖道中遇雨。雨具先去，同行皆狼狽，余獨不覺。已而遂晴，故作此詞。

在這篇短序中，作者交待了作詞的時間、地點、事件以及在出現異常情況下，各人不同的表現：「同行皆狼狽，余獨不覺」，在鮮明地對照中，表現了詞人處變不驚的大度與極爲超曠的胸懷。「已而遂晴，故

〔註2〕王士禎《花草蒙拾》，唐圭璋《詞話叢編》，第681頁，中華書局，1986。
〔註3〕同上。

作此。」這件事好像天公精心安排有意考驗各人的心胸與氣度，遂演出了這齣喜劇，它鮮明地表現出同行者的不同氣質。詞人在簡短的事件描寫中，飽含著詩人豐富的處世經驗與超逸曠達的處世態度，筆底蘊含著深邃的哲理，很値得我們仔細玩味。而抒情主人公那種久經風雨考驗、豁達大度，又能透悟人生的智慧，對我們有極深刻的啓示。詞人是因文字獄被貶謫黃州的。那麼，在這首詞裏，反映的不僅僅是他在這場自然風雨中的態度，而且飽含著詞人在官場中曾經經歷的極爲險惡的政治風浪，經受住了尖銳的政治鬥爭風雨的考驗。絲毫沒有流露出憂讒畏譏驚恐鬱悶的心情，而仍視野開闊、心情開朗，充分表現出他政治家的風度及其人格力量。這場自然風雨，觸發了詩人的靈感，他在表現自然風雨中也滲透了以往的政治風浪。在詞中二者表現的是那麼密切無間、水乳交融，其表層意思與深層含義互滲中表現得那麼玲瓏剔透，恰切地表現出這難以言傳的意蘊。細讀題序，對了解此詞表現的詞人豐富的閱歷與超曠的處世態度以及蘊含的深刻的人生哲理，都有極大的穿透力。

與此詞題序相近的另一首《定風波》「常羨人間琢玉郎」的題序云:「王定國歌兒柔奴，姓宇文氏，眉目娟麗，善應對，家世住京師。定國南遷歸，余問柔:『廣南風土，應是不好？』柔對曰:『此心安處，便是吾鄉。』因爲綴詞云。」東坡寫這首詞，是由於王定國歌兒柔奴的善於應對。當然，這也是對變幻莫測的人生現實的一種沉著應對，她回答東坡的話可謂遭貶謫的處世妙訣，飽含著人生哲理。她在陪主人遷謫廣南西賓州時，不爲極端荒涼的蠻風瘴雨所苦，對惡劣的環境以及不幸遭遇毫無怨懟，反而安之若素，且有如回到家鄉一樣的溫適之感。究其原因，是因爲心安。這種隨緣而適、灑脫超曠的處世態度，爲詩人蘇軾所激賞，所讚許。蘇軾向來就能在惡劣環境下樂天知命、隨遇而安的，他與柔奴潛在的感情是完全一致的，他的處世態度以及在政治風浪中的表現與柔奴是非常吻合的，故得到蘇軾高度的讚賞。在這裏蘇軾讚人其實也是自讚，是他處世態度的彰顯，並表現了蘇軾對柔奴主人王定國在貶謫中超曠豁達態度的認同與讚賞。

兩首《定風波》的題序，爲我們閱讀與理解詞起到了很好的導引作用。如果沒有作者對作詞因由的敘說，我們是很難將作者命意與深刻的內涵搞明白的。

其三，有一些詞的題序，洋溢著詩情畫意，表現出一種極爲超妙的藝術境界；而且文采斐然，筆底生花，具有很高的審美價值，本身就是一首詩一樣優美的散文。譬如《西江月》「照野瀰瀰淺浪」的題序云：

> 頃在黃州，春夜行蘄水中，過酒家，飲酒醉，乘月至一溪橋上，解鞍，曲肱，醉卧少休。及覺已曉。亂雲攢擁，流水鏗然，疑非塵世也。書此語橋柱上。

詩人的興趣是那麼濃鬱，他的感情與大自然是那麼契合融洽。因此，這篇題序所寫，完全是一種非常美好的詩情洋溢的世界。他似乎處於超脫紅塵、不染凡俗的仙境，而他自己也似乎有一股仙氣。就題序言，它是一篇洋溢著詩情畫意的優美的散文，並將讀者引到一種爽心悅目的美好的境界，讓你爲之陶醉，讓你盡情地欣賞。與詞合起來看，此題序則爲《西江月》「照野瀰瀰淺浪」一詞寫作的背景，描繪了詩人寫詞時的心態，寫出了他完全與自然契合融化的異常超妙的感情。

其詞題序或以超妙的詩筆，任意揮灑，不留迹痕，不落言筌，顯現著詩的境界，令人神往。如《減字木蘭花》「回風落景」的題序：「五月二十四日，會於無咎之隨齋，主人汲泉置大盆中，漬白芙蓉，坐客翛然，無復有病暑意。」讀此覺有徐風吹來、汗流頓消、殊覺清爽之感；或用畫筆，展示一幅丹青，令人走入畫境而不覺，如《哨遍》「爲米折腰」的題序云：「陶淵明賦《歸去來》，有其詞而無其聲。余既治東坡，築雪堂於上，人俱笑其陋，獨鄱陽董毅夫過而悅之，有卜鄰之意。乃取《歸去來》詞，稍加檃括，使就聲律，以遺毅夫，使家僮歌之，時相從於東坡。釋耒而和之，扣牛角而爲之節，不亦樂乎？」詩人以浪漫主義情調，牧歌式的情懷，寫下這一富有畫意的題序。讀其序，令人悠然神往，與詩人共享田園之樂。

總之，蘇軾詞的題序，或濃墨重彩，或淋漓潑灑，或情調悠揚，都洋溢著濃濃的詩情。

其四，蘇軾詞的有些題序，感情沉鬱，流溢著人世滄桑之感。這與他在官場的起落浮沉，政治上的不幸際遇，一生屢遭打擊有關。譬如：

> 余謫居黃州，三見重九，每歲與太守徐君猷會於棲霞樓。今年公將去，乞郡湖南，念此惘然，故作是詞。（《醉蓬萊》「笑勞生一夢」）

> 余年十七，始與劉仲達往來於眉山，今年四十九，相逢於泗上。淮水淺凍，久留郡中，晦日同遊南山，話舊感歎，因作《滿庭芳》此詞。（《滿庭芳》「三十三年，漂流江海」）

前者寫詞人在謫居黃州其間，與太守徐君猷之親密交往，今徐君將辭黃赴湘，故人遠去，離別在即，不免產生悵惘之情；後者寫年青時，與劉仲達在故鄉眉山交往，一別三十三年而偶逢於泗上，因話舊感嘆。兩篇題序寫人生交往、友朋聚散的悲歡之情，對解讀詞中表現的深沉感情，都有著深刻的啓示。

餘如《滿庭芳》「歸去來兮」、《水調歌頭》「安石在東海」、《永遇樂》「常憶別時」，都寫人世滄桑與別易會難的感情。

其五，蘇軾詞的題序，大部分則是以極簡潔之筆，交待作詞之緣由，情寓於中。

> 送建溪雙井茶、谷簾泉與勝之。勝之，徐君猷家後房，甚慧麗，自陳敘本貴種也。（《西江月》「龍焙今年絕品」）

> 有王長官者，棄官黃州三十三年，黃人謂之王先生。因送陳慥來過余，因賦此。（《滿庭芳》「三十三年，今誰存者」）

這些題序，將寫詞的時間、地點、起因、事由，交待得一清二楚，掃除了讀者閱讀的障礙。

有時詩人以戲謔之筆，使題序活潑，飽含幽默。如《減字木蘭花》「維熊佳夢」:「秘閣古《笑林》云:『晉文帝生子，宴百官，賜束帛，殷羨謝曰:「臣等無功受賞。」帝曰:「此事豈容卿有功乎!」同舍每以爲笑。』余過吳興，而李公擇適生子，三日會客，求歌辭，乃爲作此戲之，舉坐皆絕倒。」這篇題序，讀之也令人絕倒。

三

蘇軾詞的題序，以功用言，或描寫交待作品產生的因由背景；或揭示詞人靈感秘密，爲讀者解讀以啓示。以藝術言，或文采斐然，筆底生花；或虛實相生，筆姿空靈，「天趣獨到處，殆成絕詣。」〔註 4〕以文體言，或爲富有理趣的散文，或是洋溢著詩情畫意的絕妙文章。總之，其題序與詞相互補充、相互輝映，有相得益彰之妙。

〔註 4〕 周濟:《宋四家詞選》，第 2 頁，古典文學出版社，1958。

東坡詞的「懸崖撒手處」試釋

詩詞創作，若於懸崖撒手，奮馬揚鞭，才能顯示作者非凡的藝術才華，醫愈平庸之氣，造就絕妙的藝術境界，收到絕佳的藝術效果。詩人蘇軾，是文壇一代豪雄，其寫詞藝術之高妙，無以復加。詞論家讚其詞作有「懸崖撒手處」之妙不是沒有道理的。關於蘇軾詞的「懸崖撒手處」，劉熙載《藝概》有云：

> 東坡詞在當時鮮與同調……晁無咎坦易之懷，磊落之氣，差堪驂靳，然懸崖撒手處，無咎莫能追躡矣。

這是將晁補之詞與蘇軾詞比較而言的，意謂晁詞的「坦易之懷，磊落之氣」，幾可與蘇軾肩隨，然在「懸崖撒手處」，晁補之詞則遠遠趕不上蘇軾了。對於晁、蘇兩人詞的高下，可以存而不論。劉熙載所說的「懸崖撒手處」，我們則想刨根問底，探其究竟：它在哪些詞中曾經出現？有哪些特殊的表現？

所謂「懸崖撒手」，只是對創作手段的一個比喻，言東坡塡詞能於危處放手，絕處逢生，化險爲夷，於絕險處見其高妙的塡詞本領。「無限風光在險峰」，自然界如此，藝術的境界又何嘗不是如此呢？蘇軾才大氣雄，不僅在常境能寫出高絕的詞篇，而且在絕難境界，也有巧妙的處置手段，使懸崖撒手而無危殆，處置之妥帖、得當，令人嘆爲觀止。

蘇軾作詞之「懸崖撒手處」，有種種表現，約而言之，大致有以下三種：

東坡作詞的懸崖撒手手段之一，是面臨懸崖而不懼退，卻依然勇往直前，造成飛騰之勢，直如天馬行空，悠然而往，無滯無礙。

《浣溪沙・避蘄水清泉寺寺臨蘭溪溪水東流》有云：

誰道人生無再少？門前流水尚能西，休將白髮唱黃雞。

首句反詰，無理之至，直令人瞠目結舌。古詩云：「花有重開日，人無再少年。」「人生無再少」，這是三歲孩童都能懂得的道理，詞人卻提出質疑，硬要推翻，對其斷然加以否定，令人難以置信。詞人卻能出奇制勝，接以「門前流水尚能西」，以反常的現象，類比反常的問題，可謂絕妙之至。這一回答，精警之極，絕妙之極，直是筆端生花也。詞人即以眼前的實景，說明河水既有反常現象，由東向西流；難道人就不能如枯木逢春、返老還童？我國地勢，西北高而東南低，水向東流，乃自然之勢。《古樂府》云：「百川東到海，何時復西歸。」百水千河，水向東流，偏偏此地水向西流。水既可以倒流向西，人難道就不能由老返少？詞人以後者坐實前者，證明人生完全有由老而少、返老還童之可能。「休將白髮唱黃雞」，再進一步肯定：人既有返老還童之可能，就大可不必因年老而悲傷。此詞情調開朗，洋溢著樂觀情緒，表現了詞人開闊的胸襟與曠達的處世態度。

又《定風波》「常羨人間琢玉郎」有云：

試問「嶺南應不好」？卻道「此心安處是吾鄉」。

嶺南乃蠻荒瘴癘之地，是當時流放罪人與貶謫犯官的地方，「不好」當是事實。然而詞人筆下的柔奴對此卻作了斷然地否定：「此心安處是吾鄉。」這種出人意料的回答，令人驚詫，令人震撼，令人深思，使詞境更為深邃，但所答卻屬實情。其主人王安國被貶嶺南達五年之久，因善處窮通，樂天知命，能夠隨緣而適，隨遇而安，處逆境不但沒有憔悴蒼老，反倒愈顯年輕，「面如紅玉」。她與主人一樣的淡定，一樣的自安。因此，釜底抽薪，熬煎自解，覺得嶺南同樣可愛而溫馨，簡直與故鄉沒有區別。既然他們的生活態度如此，這就不存在嶺南好與不好的問題了。

以上兩例，都足以說明東坡在作詞時懸崖撒手，卻能於險處遇救，絕處逢生，由此而開創了一種險而不殆的藝術境界。這對讀者來說，也有一種特別的啓悟，使他們精神爲之震撼！

東坡作詞的懸崖撒手手段之二，是面臨懸崖而不懼，若展翅御風，平穩向下，沉入谷底。在不斷遞進中深化詞境，使意境無比深沉。

《木蘭花令》云：

> 霜餘已失長淮闊，空聽潺潺清潁咽。佳人猶唱醉翁詞，四十三年如電抹。　草頭秋露流珠滑，三五盈盈還二八。與余同是識翁人，惟有西湖波底月。

此詞以時光流逝之速，寫人生的短促與緊迫。上闋說，已是深秋了，淮水變窄，潁水嗚咽，時光之速像閃電一般，醉翁離世忽忽已四十三年了。下闋仍就時間之速繼續說下去：已是深秋了，過了十五就是十六，時間仍是一天天飛速過去。與我同是認識醉翁的，只有西湖波底的月亮了——人，一個也沒有了啊！因爲月光是永恒的，永遠存留於宇宙間。「今人不見古時月，今月曾經照古人」。詞人以永恒的月光，反襯人生的短促，於是自然產生一種生命的緊迫感。詞人於「四十三年如電抹」之後，並沒有立即終止時間快速、生命短促這一話題，而是繼續說下去，一直說到底，說到「與余同是識翁人，惟有西湖波底月」。從而將生命的短促與緊迫，表現得非常深透，詞人的情緒也顯得十分強烈。

又《木蘭花令・次馬中玉韻》有云：

> 花落已逐迴風去，花本無心鶯自訴。明朝歸路下塘西，不見鶯啼花落處。

通過景物的描寫，反映時令變換之速，讀了令人感到悵然若失。

又《行香子・丹陽寄述古》云：

> 別來相憶，知是何人？有湖中月，江邊柳，隴頭雲。

全篇結束在三個特別富有詩意的自然景物中，並賦予月、柳、雲以靈性和感情，只有它們才深深地懷念著詩人，使詞含不盡之意見於言外，感情更爲眞摯、深厚。

又《醉落魄．離京口作》云：

此生飄蕩何時歇？家在西南，長作東南別！

「此生飄蕩何時歇？」言其一生沒完沒了地四處飄蕩，這種生活何時才能終結。是對不安定生活的抱怨，也是對安適生活的企盼。「家在西南，長作東南別」，是言在遠離故鄉的客中之別，「客中相別客中憐」，在修辭上用了層遞手法，詞人寫的是實情，並沒有分毫的誇張，而實際用的是加一倍寫法，將感情表現得深沉之至。

總之，蘇軾在寫詞時，懸崖撒手，繼續奮進，層層深入，將其特定的感情，寫得深透徹底，淋漓盡致。

東坡作詞的懸崖撒手手段之三，是不在懸崖勒馬，而是繼續前進，峰回路轉，柳暗花明。由此而達到出人意料的藝術境界，給人以豁然開朗之感。

《蝶戀花．春景》云：

花褪殘紅青杏小。燕子飛時，綠水人家繞。枝上柳綿吹又少，天涯何處無芳草。　牆裏鞦韆牆外道，墻外行人，墻裏佳人笑。笑漸不聞聲漸悄，多情卻被無情惱。

此詞上闋前三句層層遞降，到第三句「枝上柳綿吹又少」，已經降到極點了。若再降，其風光則未免太衰颯了。詞人卻接以「天涯何處無芳草」，於是峰回路轉，走出了寫景的困境，出現了新的亮點。此句一語雙關，既寫了景象之遼闊，又借以比喻人間之友情無處不有，無限溫馨。這一轉折，使心境、語境、詩境，都走出了困境，走上一個全新的境界。下闋有兩句寫了這樣一個畫面：大路旁有一個富貴人家，墻內有佳人打鞦韆，墻外行人看不見墻內的佳人，只聽到笑鬧聲。後兩句抒情：墻外的行人愈走愈遠，漸漸聽不到姑娘們的笑聲，多情的行人則被無情的姑娘所惱。感情由歡樂轉向煩惱。前闋寫景，後闋抒情，寫到高潮時都作了轉折，詞境由此及彼而轉換又很自然，由此而進入新的藝術境界。

> 休言萬事轉頭空，未轉頭時皆夢。(《西江月》「三過平山堂下」)
>
> 舊官何物對新官，只有湖山公案。(《西江月》「昨夜扁舟京口」)

前者是逆轉，後者是順轉，這種詞境的轉折，使詞筆由懸崖絕壁處逢生，達到「柳暗花明又一村」的境界，從而產生了新的詞境。

蘇軾在寫詞時爲什麼能夠於「懸崖撒手」而能產生新的藝術境界呢？作爲天才的詞人蘇軾，他的感情非常豐富，寫詞時又往往興致極高。因此在寫詞時，感情非常充沛，形象思維極爲活躍，思緒此起彼伏，震蕩跳躍。於是，既有由此及彼的聯想，又有由舊及新的生發。這時，腦海中詩象活躍，詩緒叢生，浮想聯翩，奇情四溢，因此無往而不達，遂於「懸崖撒手處」產生了新的令人嘆爲觀止的藝術境界。如《水調歌頭・丙辰中秋歡飲達旦大醉作此篇兼懷子由》：

> 明月幾時有？把酒問青天。不知天上宮闕，今夕是何年？我欲乘風歸去，又恐瓊樓玉宇，高處不勝寒。起舞弄清影，何似在人間！　　轉朱閣，低綺户，照無眠。不應有恨，何事長向別時圓！人有悲歡離合，月有陰晴圓缺，此事古難全。但願人長久，千里共嬋娟。

這是神宗熙寧九年（1076），詞人在密州於中秋之夜賞月時寫的一首詞，可謂浮想聯翩、奇情四溢之作。李佳評曰：「此老不特興會高騫，直覺有仙氣縹緲於毫端。」〔註 1〕詞一開始，就出現了這樣一個鏡頭：詩人高舉酒杯，仰望青天，與明月對話，月亮是從什麼時候開始有的？今天晚上天上是何年何月了？問得出奇而突兀，這個問題，有誰能夠回答呢？詞人懸崖撒手，信馬由韁，讓豐富的想

〔註 1〕　唐圭璋：《詞話叢編》，第 3173 頁，中華書局，1986。

像力繼續飛馳。於是，他想飛到月宮裏去探問個究竟，又擔心月宮裏的瓊樓玉宇太冷，怕一時受不了。他看見嫦娥在月宮裏翩翩起舞，那婆娑的舞姿雖然妙不可言，然而氣氛似乎有點索漠和清冷，哪能比得上人間的溫暖和煦。詞人的思緒又回到現實，見那月光轉過朱紅的樓閣，照著低處的綺戶，屋子裏是那些因思念遠人而未睡眠的人們。詞人又想：月亮與人有什麼過結呢？爲什麼在人分離之後而她卻偏轉圓呢？月亮之圓，使分離已久的人，更爲感傷了啊！既而一想：人間有悲歡離合的遭際，月亮也有陰晴圓缺的時辰，亘古以來，就是如此。既然這樣，只能希望相距千里之遙的人們，能夠在月光下寄情，聊以排遣幽思罷了。

許嵩廬云：「子瞻自評其文云：『如萬斛泉源，不擇地皆可出。』唯詞亦然。」〔註 2〕蘇軾寫此詞，多次於懸崖撒手，又能極自然地走出困境，化險爲夷，柳暗花明。詞人思緒極其活躍，可謂天上地下，古往今來，意象颯然而至，倏然而去。而其筆端又極爲靈活，能緊隨詞人活躍的思緒，寫出如此「絕去筆墨畦徑間」的大作，令人拍案叫絕。他寫詞如此舉重若輕，懸崖撒手，是因有「橫絕一代之才，淩厲一世之氣」〔註 3〕使然。雖然蘇軾的詩詞有時不免爲才所累。那是因爲他作詩詞時，不自覺地恃才、顯才，走上了以才學爲詩詞的道路，他的詩此弊尤甚。其作詞的「懸崖撒手處」不是恃才、顯才，而是以其才氣調動筆端，使其直追無比活躍的形象思維，使詞的創作遇到困境時，得以合理的恰到好處的解決，從而達到絕妙的出人意料的藝術境界。

〔註 2〕 張宗橚：《詞林紀事》，第 270 頁，上海古籍出版社，1998。
〔註 3〕 唐圭璋：《詞話叢編》，第 1503 頁，中華書局，1986。

淺談晏幾道對夢的描寫

夢是一種潛意識的活動，漢代哲學家王符在《潛夫論》中說夢是「意精」、「記想」所致，是頗有道理的。描寫夢是對人心理狀態深層次的表現，能揭示人最隱蔽的心理狀態，充分展示人的精神面貌。因此，我國古代文學作品喜歡寫夢，《三國演義》、《水滸傳》、《紅樓夢》都多次寫夢，湯顯祖的傳奇「四夢」，更是以夢爲主線的著名作品。在詩詞中，詩人通過對夢境的描寫，把隱藏在自己心靈深處的情思，展示在讀者面前。在眾多的詩人中，晏幾道詞對夢的描寫是十分突出的。《小山詞》今存二百五十八首，其中有五十五首出現了共五十九個「夢」字。平均五首詞，就有一首寫夢的，其數量之多、頻率之繁，在古今詞集中都是極罕見的。而其藝術表現的婉妙深刻、感情的執著眞實，都是別人難以企及的。

寫夢是小晏寫離情別緒的重要手段，他善於通過對夢的各種態勢的描寫，表現別易會難、佳期難逢的深沉感情。長期的別離睽違，使親人望眼欲穿、情思飛馳。日有所思，夜有所夢，的確是「到情深，俱是怨，惟有夢中相見」（《更漏子》「欲論心」）。因情深而思念，因思念而產生幽怨情緒，這在我國封建社會青年男女之間，是具有普遍意義的。他們長期分離，無由團聚，其相思之情是夠苦的了。夢是現實生活的折射，也是心底潛意識的釋放。因此，對他詞中那些寫夢的典型作品的探討，是十分必要的。

首先，他在詞中通過對夢的描寫，表現青年男女之間感情的執著、思念的痛苦，甚至表現出他們絕望的感情。詩人通過對這種深沉而真摯的感情的抒寫，對阻礙他們歡聚的勢力，作了有力的控訴。

隨著商品經濟的發展與市民階層的壯大，一方面，人們逐漸覺醒，對個性、自由有了強烈的追求；另一方面，來自封建社會制度的約束與壓迫，使青年男女的個性、自由、情欲都受到了很大的壓制。晏幾道詞對夢的抒寫，在於表現其在沉重的壓抑中掙扎與抗爭的情景。「夢入江南烟水路，行盡江南，不與離人遇」(《蝶戀花》「夢入江南烟水路」)。江南烟水遼闊，一片迷茫，情人何在？何處追尋？「意欲夢佳期，夢裏關山路不知」(《南鄉子》「新月又如眉」)。重重的關山難越，何況歧路紛出，何處去尋？因此，必然有著「一枕江風夢不圓」(《采桑子》「金風玉露初涼夜」) 的悵惘。至於寫那夢中的相別，「月細風塵垂柳渡，夢魂長在分襟處」(《蝶戀花》「碧玉高樓臨水佳」)，更令人覺得難堪了。《阮郎歸》「舊香殘粉似當初」一詞，所表現的感情痛苦異常，以至感到絕望了。

> 舊香殘粉似當初，人情恨不如。一春猶有數行書，秋來書更疏。　　衾風冷，枕鴛孤，愁腸待酒舒。夢魂縱有也成虛，那堪和夢無。

這是一首居者怨行者的詞，是表達男女相思之情的。上闋寫怨情，行者之情薄，是居者產生怨情的緣由。前兩句是以物與人相比，物猶依舊，而人情漸次淡薄，不似當初。似此，人不如物；後兩句寫人情淡薄的事實：家書越來越少了。這是前兩句內容的延伸與補充。詩人用了反襯手法，充分表達了居者的怨情之深。下闋描寫夜間的愁思，表現了居者孤寂淒涼的情懷與相思至極的痛苦。前三句描寫居者室中孤獨冷寂的氛圍，烘托她愁腸百結、借酒解悶的情形。後兩句寫她絕望的感情：縱然能做個團圓好夢，哪怕是虛幻的，何況連一個團圓夢也沒有，希望有暫時的慰藉也未能如願，令人失望之至而陷入絕望了。

詩人通過層遞的修辭手法，將其離思之痛，層層加深，倍感慘痛情傷。從而將居者的怨情，表現得深刻而強烈。

以夢表現感傷絕望情緒的詞，在小山詞中，時有出現。如《訴衷情》「憑觴靜憶去年秋」詞中寫道：

> 人脈脈，水悠悠，幾多愁。雁書不到，蝶夢無憑，漫倚高樓。

脈脈含情地佇立樓頭眺望，只有悠悠的江水向東流去，哪有行人的蹤迹？雖然做了好夢也是空的啊！這騙人的夢，又增加了幾多愁思！是誰不讓他們花好月圓呢？這難道不能引起我們的深思麼！

其次，他善於通過尋夢的心理描寫，表現別離後思念的精神痛苦。

夢是虛幻的，正如詩人在《清平樂》「蕙心堪怨」中所說：「眼中前事分明，可憐如夢難憑。」雖然如夢難憑，但面對去者杳無音信的現實，這極端痛苦的生活，又迫使思念者不得不苦苦地追尋虛幻的夢境，以求得片時的歡愉。「莫道後期難定，夢魂猶有相逢」（《清平樂》「心期休問」）。尋夢與對夢境的仔細體味，眞實而深刻地反映了離思者的苦況。對好夢的思索與回味，是對夢後惆悵情緒的慰藉。這種對自我欺騙與麻醉的抒寫，遮掩著心底無限的傷痛。然「欲蓋彌彰」，卻把思憶者此時此地的情緒表現得深至而強烈。請看下面兩首《更漏子》：

> 檻花稀，池草徧，冷落吹笙庭院。人去日，燕西飛，燕歸人未歸。　　數書期，尋夢意，彈指一年春事。新悵望，舊悲涼，不堪紅日長。

> 柳絲長，桃葉小，深院斷無人到。紅日淡，綠烟晴，流鶯三兩聲。　　雪香濃，檀暈少，枕上卧枝花好。春思重，曉妝遲，尋思殘夢時。

這兩首詞開頭都先寫時令的悄然暗換與環境的冷寂，典型的氛圍描寫，加強了思念者的悵惘情緒。前者在「數書期，尋夢意」中度過了頗爲漫長的春天，後者寫女主人公之所以「弄妝梳洗遲」是因爲早上「尋思殘夢」，體味昨夜夢中甜蜜相會的情景。但畢竟是「夢雲散處不留痕」（《浣溪沙》「樓上燈深欲閉門」），這種尋夢心理活動的描寫，表現了因長期分離在閨中孤苦無依索寞寡歡的苦況。

第三，寫因久別重逢、反疑做夢，情不自信的感情，表現了別易會難、喜極而疑的情景。

久別難逢，相會幾成絕望，而一旦團聚，反疑是夢，這種情景的描寫在唐詩中屢屢出現。「夜闌更秉燭，相對如夢寐」（杜甫《羌村三首》之一）。「還作江南會，翻疑夢裏逢」（戴叔倫《江鄉故人偶集客舍》）。「乍見翻疑夢，相悲各問年」（司空曙《雲陽館與韓紳宿別》）。晏幾道有兩首詞，都寫了由夢想到歡聚的情景，將久別重逢的感情，寫得非常眞切。

月墮枝頭歡意，從前虛夢高唐。覺來何處放思量。如今不是夢，眞箇到伊行。（《臨江仙》「淺淺餘寒春半」）

從別後，憶相逢，幾回魂夢與君同。今宵賸把銀釭照，猶恐相逢是夢中。（《鷓鴣天》「彩袖殷勤捧玉鍾」）

前者寫由夢想到現實，雖未寫今日歡聚之樂，但情人久別重逢的歡聚之樂，是不言而喻的。後者寫今日重逢的驚喜之情。詩人本來要寫歡聚之樂，卻先寫往日離別之痛。以往日離別之痛，反襯今日歡聚之樂。別後即憶，思念成夢，已有多少回在夢中相遇了。以此別離之苦，相思之久，反襯今日團聚之樂，樂而以至疑，這相聚是眞的嗎？詩人將喜極而疑寫得眞切而有情致。以實寫虛，終至於實，更見一往情深，極盡曲折深婉之妙。陳廷焯謂「曲折深婉，自有豔詞，不得不讓伊獨步」〔註1〕。「獨步」之譽，此詞是當之無愧的。

小山詞關於夢的描寫，主要是寫女人的情思，但也有男子對情人思念的描寫。「驚夢覺，弄晴時，聲聲只道不如歸」（《鷓鴣天》「十里樓台倚翠微」）。「歸來獨臥逍遙夜，夢裏相逢酩酊天」（《鷓鴣天》

〔註1〕 陳廷焯：《白雨齋詞話》，第11頁，人民文學出版社，1959。

「手撚香牋憶小蓮」)。「眠思夢想，不如雙燕，得到蘭房」(《喜團圓》「危樓靜鎖」)。「楚天渺，歸思正如亂雲，短夢未成芳草」(《泛清波摘遍》「催花雨小」)。「幾處歌雲夢雨，可憐流水東西」(《滿庭芳》「南苑吹花」)。這些詞，有著詩人的經歷，如對小蘋等歌女的思念，或有詩人自己的影子，因此感情眞切，語言精警，有獨特的藝術魅力。據《邵氏聞見後錄》卷十九記載，程叔微云：「伊川聞誦晏叔原『夢魂慣得無拘檢，又踏楊花過謝橋』長短句，笑曰：『鬼語也！』意亦賞之。」〔註 2〕理學家程頤對其《鷓鴣天》「小令尊前見玉簫」這種「非禮之作」如此欣賞，可見作者藝術的高妙，詞的感染力之強烈。

小山詞爲什麼會如此頻繁地出現夢境？蓋爲個性壓抑所致。晏幾道是一位純眞的詩人，純情任性，涉及男女之間的情思，他的態度是很執著的。然在現實中不免受到了種種壓抑，而他又是極倔強的性情中人，於是對他思念的人，難免夢寐以求了。這種對夢境的眞實描寫，表現了強烈的感情，取得了意外的藝術效果，從而在詞的創作上，取得了很高的藝術成就。

〔註 2〕 王雙啓：《晏幾道詞新釋輯評》，第 64 頁，中國書店，2007。

黃庭堅詞爲「著腔子唱好詩」說

晁補之云：「黃魯直間作小詞，固高妙。然不是當行家語，是著腔子唱好詩。」〔註1〕對此，四庫館臣曰：「顧其佳者則妙脫蹊徑，迥出慧心，補之『著腔好詩』之說，頗爲近之。」〔註2〕今人或云：「他不懂音律，晁補之說他的詞『不是當家語，自是著腔子唱好詩』。」〔註3〕那麼，所謂「著腔子唱好詩」，究竟是「妙脫蹊徑，迥出慧心」之佳作，抑或是「不懂音律」而填的詞呢？

黃庭堅詞是屬於詩人之詞而非詞人之詞，他用了詩的路數填詞，並在寫詞時，用了詩的語言和格調。晁補之雖係豪放派詞人，他卻站在婉約派的立場上批評黃庭堅，因此，說他的詞「不是當行家語」，而貶之爲「著腔子唱好詩」。

詞從唐到北宋，人們視之爲艷科，借以遣興娛賓。從花間詞人、南唐二主，中經晏殊父子、歐陽修、柳永，直到秦觀，詞的內容主要是寫男女相思之情，香艷柔軟，婉約含蓄，此爲詞的傳統寫法，被視之爲詞的正宗。黃庭堅早年受柳永的影響，寫過一些香艷淫靡的小詞，因受到法秀嚴厲批評而有所悔悟。他在《小山集序》中說：

〔註 1〕 孫克強：《唐宋人詞話》，第 280 頁，河南文藝出版社，1999。

〔註 2〕 孫克強：《唐宋人詞話》，第 287 頁，河南文藝出版社，1999。

〔註 3〕 中國社會科學院文學研究所：《唐宋詞選》，第 159 頁，人民文學出版社，1981。

「余少時間作樂府，以使酒玩世，道人法秀獨罪余『以筆墨勸淫，於我法中當下犁舌之獄』，特未見叔原之作耶？」〔註 4〕後來他塡的詞已擺脫了香艷體的影響，主要寫士大夫的閑情逸致、友朋酬唱、宦海沉浮與人生感慨，語言瘦硬健勁，風格豪放曠達，與蘇軾詞十分接近。所謂「體格於長公爲近」〔註 5〕，「學東坡韻製得七八」〔註 6〕，可謂的評。他的許多詞都具有蘇詞的特色，是詞風接近蘇軾的蘇派詞人之一。俞文豹云：「東坡在玉堂，有幕士善謳，因問：『我詞比柳詞何如？』對曰：『柳郎中詞，只好十七八女孩兒，執紅牙拍板，唱「楊柳外，曉風殘月」。學士詞，須關西大漢，執鐵板，唱「大江東去」。』公爲之絕倒。」〔註 7〕如果套用俞文豹的話，說山谷詞「須關西大漢執鐵板唱『落日塞垣路』」，也是十分合適的。然詞評家謂「子瞻以詩爲詞，如教坊雷大使之舞，雖極天下之工，要非本色」〔註 8〕。這與晁補之對黃詞的批評，非常相似。在正統的詞評家看來，黃詞「乖僻無理，桀傲不馴」〔註 9〕，「直是門外漢」〔註 10〕，確實是非詞之詞了。正因爲黃庭堅對詞的香艷題材與柔弱詞風的背離，與此相應，他用寫詩的路數塡詞。傳統的詞風，語言婉麗輕柔，內容香艷，形成香而軟的柔弱格調。而黃詞與其詩一樣，語言瘦硬，風格拙重，具有很強的力度。它缺乏女性文學柔弱的姿質；更多的則是大丈夫叱咤風雲的英雄氣概，因此雖能協宮商而被之管弦，然它是詩的姿質而非詞的情調。譬如，他的一些詞斬釘截鐵，矯健有力；一些詞靈動不足，嚴整有餘。總之，他

〔註 4〕陳良運：《中國歷代詞學論著選》，第 45 頁，百花洲文藝出版社，1998。

〔註 5〕況周頤：《蕙風詞話·廣蕙風詞話》，第 18 頁，中州古籍出版社，2003。

〔註 6〕王灼：《碧雞漫志》，第 8 頁，遼寧教育出版社，1998。

〔註 7〕施蟄存、陳如江：《宋元詞話》，第 504 頁，上海書店出版社，1999。

〔註 8〕施蟄存、陳如江：《宋元詞話》，第 58 頁，上海書店出版社，1999。

〔註 9〕陳廷焯：《白雨齋詞話》，第 162 頁，人民文學出版社，1959。

〔註 10〕陳廷焯：《白雨齋詞話》，第 13 頁，人民文學出版社，1959。

的詞缺乏當時人崇尚的婉約詞的那種情趣和意味。《定風波・次高左藏使君韻》就是典型的例證：

萬里黔中一漏天，屋居終日似乘船。及至重陽天也霽，催醉，鬼門關外蜀江前。　莫笑老翁猶氣岸，君看，幾人黃菊上華顛。戲馬臺南追兩謝，馳射，風流猶拍古人肩。

詩人以矯健瘦硬之筆，描寫了自己窮且益堅、老當益壯的雄心，表現了傲岸、倔強、曠達的性格。這與其稱詞，毋寧說是「句讀不葺之詩」。「涪翁信能鬱蒼聳秀，其不甚經意處，亦復老幹椏杈，第無醜枝，斯其所以爲涪翁耳」〔註 11〕。「老幹椏杈」的語言，「鬱蒼聳秀」的風格，直是繼杜甫、韓愈詩之衣鉢，而非婉約柔媚的詞了。《減字木蘭花》「詩翁才刃」、《定風波・次高左藏韻》、《水調歌頭》「落日塞垣路」、《虞美人》「平生本愛江湖住」、《南鄉子》「黃菊滿東籬」、《鷓鴣天》「黃菊枝頭生曉寒」等，都是思想曠達、性格倔強、感情傲岸、語言瘦硬之作，如此等等，顯非婉約詞的情調，而是詩的路數了。說他是「著腔子唱好詩」，似乎是十分貼切的了。

愛用古人成語，也是黃庭堅詞的一個特色。他在塡詞時，有時不是根據詞抒寫的情景另鑄新詞，而往往是借用古人詩的成句，這在《鷓鴣天》八首、《南鄉子》六首中，表現得尤爲突出。在他的詞中，借用杜甫詩句的有「自斷自生休問天」(《定風波・次高左藏韻》)、「且看欲盡花經眼」(《鷓鴣天》「紫菊黃花風露寒」)；借用杜牧詩句的有「十年一覺揚州夢」(《鷓鴣天》「紫菊黃花風露寒」)、「宜將酩酊酬佳節，不用登臨送落暉」(《鷓鴣天》「節去蝶愁風不知」)、「與客攜壺上翠微」(《南鄉子》「黃菊滿東籬」)；借用杜秋娘詩的有「莫待無花空折枝」(《南鄉子》「黃菊滿東籬」)；借用賈島詩句的有「秋風吹渭水，落葉滿長安」(《促拍滿路花》「秋風吹渭水」)。另外，還有集句詞等。這些詩句，熔鑄在詞的境界裏，有的渾然天成，了無迹痕；有的則生呑活剝，顯得有點兒生硬。因爲它是典型的詩的語

〔註 11〕 況周頤：《蕙風詞話・廣蕙風詞話》，第 42 頁，中州古籍出版社，2003。

言，簡勁有力，且力度很大，這都是有悖於詞的以婉約爲正宗的傳統的。

溫、韋、二李以及後來的婉約詞人，是喜歡用白描手法寫詞的，蘇軾詞喜用典故，有以才學爲詞的傾向，黃庭堅承其衣鉢，因用典使詞趨於典雅奧博。韓愈有詩云「斷送一生唯有酒」(《遣興》)，「破除萬事無過酒」(《贈鄭兵曹》)，黃庭堅在他「既戒酒不飲，遇宴集，獨醒其旁。坐客欲得小詞，援筆爲賦」的《西江月》中寫道「斷送一生唯有，破除萬事無過」，把韓愈吟酒的兩句詩湊在一起，去掉酒字成歇後語，是一副天然的對句，語意峻切，典雅含蓄，且精巧之至。陳師道對此稱贊說：「纔去一字，遂爲切對，而語益峻。」〔註12〕這種峻切的語氣，非婉約詞所有，也非婉約詞人所喜。至於點化古人詩句或使用典故，這在黃詞中出現較多，這一點也是婉約派詞人所不滿意的，也是那些奉婉約爲圭臬的詞評家所不齒的。李清照說：「黃即尚故實，而多疵病。譬如良玉有瑕，價自減半矣。」〔註13〕

總之，黃庭堅詞在語言、格調、鑄意上，多用作詩的路數，是能唱的詩，而非正統的婉約派詞人的一脈傳承，實爲詞的「變體」。「著腔子唱好詩」，是晁補之站在婉約派詞人的立場上對黃詞的貶語，是對黃庭堅在詞的創作上背離傳統手法的批評，這個批評是得到一些詞評家贊成和支持的。陳廷焯說：「詞貴纏綿，貴忠愛，貴沉鬱，黃之鄙俚者無論矣。即以其高者而論，亦不過於倔強中見姿態耳。於倔強中見姿態，以之作詩，尚未必盡合，況以之爲詞耶？」〔註14〕張綖則說：「詞體大略有二，一體婉約，一體豪放……大抵詞體以婉約爲正。」〔註15〕晁補之等人對黃詞的批評是有些偏頗而有

〔註12〕 施蟄存、陳如江：《宋元詞話》，第58頁，上海書店出版社，1999。
〔註13〕 陳良運：《中國歷代詞學論著選》，第72頁，百花洲文藝出版社，1998。
〔註14〕 陳廷焯：《白雨齋詞話》，第13頁，人民文學出版社，1959。
〔註15〕 陳良運：《中國歷代詞學論著選》，第275頁，百花洲文藝出版社，

欠公允的。北宋以蘇軾爲代表的豪放派詞人，一反傳統的婉約柔弱的詞風，在內容上擺脫了以寫綺羅香艷爲主的極爲狹窄的小天地，反映了較爲廣闊的現實生活，給詞注入了新的活力；在藝術表現上有縱橫恣肆的議論，運用較多的歷史典故，語言簡勁有力，成爲「句讀不葺之詩」，使詞在很大程度上成爲「著腔子唱好詩」。黃庭堅對詞的解放、對詞境的開拓，以及在豪放派詞的發展上，有著承前啓後之功。張元幹、張孝祥、辛棄疾、陳亮、劉過等愛國詞人的詞慷慨激昂，均似「著腔子唱好詩」，陳亮的《水調歌頭・送章德茂大卿使虜》與黃庭堅《水調歌頭》「落日塞垣路」如出一轍。或謂陳亮此詞「精警奇肆，幾於握拳透爪，可作中興露布讀；就詞論，則非高調」〔註16〕。「非高調」之說雖偏頗卻不無道理，黃詞亦可作如是觀。山谷詞的某些作法雖有可議，然在詞史上的地位以及深遠影響，卻不可抹殺。四庫館臣以爲「妙脫蹊徑，迥出慧心」，是對其詞風革新的充分肯定。他的詞不嚴遵聲律，時或有之。但《唐宋詞選》的編選者說他「不懂音律」似乎根據不足，也未搔到黃詞的癢處。

1998。
〔註16〕陳廷焯：《白雨齋詞話》，第24頁，人民文學出版社，1959。

略談李之儀的詞

李之儀（1046～1126？）是北宋詞壇一位著名的詞人，有《姑溪詞》一卷。存詞九十四首。他的詞，無論是數量還是質量，都值得我們認眞研究。

一

李之儀是蘇軾的摯友，在詞的創作上，也可以說是蘇軾的同盟軍，他在詞的題材的擴大、詞的流派以及對當時詞風的轉變上，都跟蘇軾一道，在詞的創作領域，掀起了一場革命的風暴。

李之儀在詞的創作上擴大了題材、突破了婉約詞派極狹窄的內容，使詞能夠反映較廣闊的現實生活。在他現存的九十四首詞中，有題序者竟達四十三首之多，幾占全部詞作的二分之一。這個數字與比例，在當時詞壇上，都是相當可觀的。這些題序，最短的是一個字，如「橘」、「梅」、「琴」，都是詠物詞，以所詠對象爲詞題。最長的是《玉蝴蝶》的題序：「九月十日，將登黃山，遽爲雨阻，遂飲弊止。陳君俞獨不至，已而以三闋見寄，輒次其韻。」共三十三字。

詞的題序數量的增多及其所占比例的增大，說明其詞已從遣興娛賓、艷情應歌等極狹窄的題材中解放出來，有了更豐富、更廣闊的社會內容，諸如友朋交往、寫事詠物、抒情言志等，使詞和詩，幾乎有了同樣的表現功能。詞與詩表現功能的接近，說明詞與詞的固有本色的逐漸疏離。這一特點，在李之儀詞中，表現是頗爲突出的。

詞的內容在原初意義上，與詩有著較大距離。詩言志，詞緣情，畛域是分明的。詩人以詩抒發其高尚之志，莊重之情；同時詩也是交往酬應的工具，諸如送往迎來、祝賀喜慶、吊唁傷悼、遊覽娛樂等等，可用於一切日常酬酢。在很大程度上，詩是上流社會的奢侈品和門面貨，故士人必須掌握。否則，在社會交往中，就要受到很大的限制。「詞」是曲子詞的簡稱，最初是附麗於音樂的，而其內容則多寫艷情，供歌兒舞女們演唱。詞到蘇軾手中，題材有了較大的擴展，被人譏爲「以詩爲詞」。所謂「以詩爲詞」，不僅是用寫詩的手法寫詞，而且詞也具有了表現廣泛社會生活的功能。在我們看來，這是詞的一大進步。李之儀次韻之詞多，表現個人情志之詞較多，題材逐步擴大，凡用詩能表現的內容，他的詞也大都可以抒寫，這就使其有了更廣泛地反映社會生活的功能，超越了遣興娛賓、艷情應歌的範圍和頗爲柔軟的情調。譬如寫節令的有《南鄉子・端午》、《南鄉子・夏日作》、《水龍吟・中秋》等；次韻的有《驀山溪・次韻徐明叔》、《千秋歲・用秦少游韻》、《憶秦娥・用太白韻》、《青玉案・用賀方回韻有所禱而作》、《更漏子・借陳君俞韻》等等；酬應詞有《采桑子・席上送少游之金陵》、《蝶戀花・席上代人送客因載其語》等；詠事的有《朝中措・樊良道中》等。如此種種，都足以說明其詞題材的廣泛，反映社會生活功能的擴大。這些幾乎全是用作詩的路數，或者是用「以詩爲詞」的路數。在這一點上，他完全是緊跟東坡的步伐，是東坡的同盟軍。當時詞效東坡者有黃庭堅、晁補之，李之儀也是其中之一。這使以蘇軾爲代表的曠放派詞人的創作隊伍逐漸擴大，增強了以東坡爲首的詞的革新派的勢力。

二

李之儀是北宋詞學的開拓者，他的論詞文字是北宋最多的，文集中有關詞的序、跋、書等文十餘篇，其中《跋吳思道小詞》是一篇認眞探討詩與詞之區別的文章，文中特別強調詞的音樂特點和可歌唱性，被認爲是尊體的詞人。他說：「長短句於遣詞中最爲難工，自有一種風格，稍不如格，便覺齟齬。」當今詞論家認爲，這對「蘇軾說詞是『古人長短句詩』作了委婉的辯駁」和批評〔註1〕。這裏，李之儀是對詞的音樂性的強調，並非是對婉約風格的維護。質言之，他強調詞的音樂性，在這一方面與蘇軾輕視詞的音樂性是有很大分歧的，甚或是對立的；另一方面，他對詞的風格作了很大的拓展，這是與蘇軾同道的。以創作風格言，李之儀詞不專一體，既有婉約詞的創作，也有風雅、閑逸風格的嘗試，甚至還有一些頗爲曠放之作。清人況周頤云：「綜論姑溪詞格，其清空婉約，自是北宋正宗，而漸近沉著，則又開南宋風會矣。毛子晉略骨幹而取情致，曷克盡攬其勝耶？」〔註2〕況氏之言，是符合李之儀詞創作實際的。況周頤所說的「骨幹」，頗近山谷詞作中那些瘦硬風格的；所謂「情致」，則是接近少游婉約詞顯現的那種韻致。他在詞的創作中，二者兼而有之，且均有較突出的成就。

李之儀平生遭遇，在官場經歷諸種風波，受到種種打擊與迫害。譬如，他因得罪蔡京，被除名編管太平州達五六年之久。然他性格倔強，有一種絕不屈服的精神和頗爲曠達的胸懷，這種性格在其詞中時有表現。《減字木蘭花・次韻陳瑩中題韋深道獨樂堂》就是最好的例證：

> 觸塗是礙，一任浮沉何必改。有箇人人，自說居塵不染塵。　　漫誇千手，千物執持都是有。氣候融怡，還取青天白日時。

在人生旅程中，特別是在政治上，李之儀絆絆磕磕，沉居下僚，很不

〔註1〕 陳良運：《中國歷代詞學論著選》，第63頁、65頁，百花洲文藝出版社，1998。

〔註2〕 況周頤：《蕙風詞話・廣蕙風詞話》，第252頁，中州古籍出版社，2003。

得志。然卻一任浮沉，絕不屈志，表現了他性格的倔強與曠達。讀這首詞，我們很自然地就想起蘇軾在黃州寫的《定風波》，特別是前兩句與蘇軾詞「一蓑烟雨任平生」的名句，在精神上何其相似！李之儀將前途上的不順利，看得開，想得透，心胸是那麼寬廣。又如「聲名自昔猶付鳥，日月何嘗避覆盆，是非都付鬢邊蚊」（《浣溪沙》），也是曠達之作。在那奸佞當道，是非顛倒，正直不容於世的社會，那種種非議，猶如耳邊嗡嗡叫的蚊子，只好任其亂叫，你能將它怎麼樣呢？在對它無可奈何的情況下，只好任之。與其將這種不快沉入心底，何不放開心胸，化沉痛為輕蔑的一笑？

李之儀有才而又長期沉居下僚，很不得志，精神上受到種種打擊與無形的壓抑，不免有些牢騷：「酒量羨君如鵠舉，寒鄉憐我似鴟蹲。」（《浣溪沙》）羨慕你官運亨通，心情舒暢，酒量好，能開懷暢飲，而我窮困潦倒，蝸居寒鄉，哪像你那樣有豪興而飲酒？似羨似讚，似諷似嘆，心裏裝了多少的不快！類似的詞句如「富貴功名雖有味，畢竟因誰守。看取刀頭切藕，厚薄都隨他手」（《雨中花令》）。那些掌權勢的人，仕進途中那些執牛耳者，對於功名富貴的賜予，就像廚師切藕，厚薄隨心所欲，有什麼客觀標準？既然富貴榮達不因個人才能而定，有才之士怎能不受到委屈？權奸當道，賢人在野，這在封建社會是一種普遍現象。他希望改變這種極不合理的現象，讓有志之士出仕，稍展驥足：

已是年來傷感甚，那堪舊恨仍存。清愁滿眼共誰論。卻應臺下草，不解憶王孫。（《臨江仙・登凌歊臺感懷》）

酒到強尋歡日路，坐來誰為溫存。落花流水不堪論。何時絃上意，重為拂桐孫。（《臨江仙・景修席上再賦》）

兩闋詞用典及意象相似，意境相近，表現了不得志的牢騷以及希冀有人援手的情懷。

李之儀還有一些風格勁健之作，頗近山谷詞中那些具有瘦硬風格的詞篇。如《南鄉子》：

夜雨滴空階。想見尊前賦詠才。更覺鳴蛙入鼓吹，安排。惆悵流光去不回。　　萬事已成灰，只這些兒尚滿懷。剛被北風吹曉角，相催。不許時間入夢來。

它一洗婉弱柔靡的習氣，以一種峭拔的風貌出現，有其突出的個性與特色。這類詞對南宋姜夔詞風的形成，有著深刻的影響。

就詞的總體風格而言，李之儀詞質樸無華，語短情長之詞居多。《卜算子》是一首名噪千古之作：

我住長江頭，君住長江尾。日日思君不見君，共飲長江水。　　此水幾時休，此恨何時已。只願君心似我心，定不負相思意。

上闋敘事，寫共飲長江水而思君不見君的情景；下闋抒情，水不斷地流，恨也永久存在。兩人心心相印，定不相負。毛晉稱其爲「俊語」，唐圭璋云：「此首因長江以寫眞情，意新語妙，直類古樂府。」〔註3〕薛礪若云：「寫得極質樸晶美，宛如《子夜歌》與《古詩十九首》的眞摯可愛。」〔註4〕此詞沒有華麗的字眼，也沒有借助誇張或形容，在古樸中顯現著新穎，表現了極深厚的感情。

李之儀類似這樣語樸情長之詞頗多。「藕絲牽不斷，誰信朱顏換。莫厭十分斟，酒深情更深」（《菩薩蠻》「青梅又是花時節」）。「角簟襯牙床，汗透絞綃晝影長。點滴芭蕉疏雨過，微涼。畫角悠悠送夕陽」（《南鄉子・夏日作》）。「頻移帶眼，空只恁，厭厭瘦。不見又思量，見了還依舊。爲問頻相見，何似長相守。天不老，人未偶。且將此恨，分付庭前柳」（《謝池春》「殘寒銷盡」）。如此等等，都是以樸素的語言，表達出極深厚的感情，富於藝術感染力。

三

結尾藝術之高妙，是李之儀詞的一個最爲突出的特點。

詞的結尾是最爲重要的。張炎在《詞源》中特別強調：「末句最

〔註3〕 唐圭璋：《唐宋詞簡釋》，第115頁，上海古籍出版社，1981。

〔註4〕 薛礪若：《宋詞通論》，第147頁，開明書店，民國三十七年。

當留意，有有餘不盡之意始佳。」好的結尾，往往是意在言外、含蓄有致，給讀者留下回味的餘地。

李之儀塡詞，特別重視詞的結尾。他在《跋吳思道小詞》中說：「其妙見於卒章，語盡而意不盡，意盡而情不盡，豈平平可得仿佛哉？」〔註 5〕他對吳思道詞的結尾，讚嘆不置。吳思道詞集今佚，其詞之結語究竟如何，無以覆按。但他特別重視詞的結尾，極力做到「語盡而意不盡，意盡而情不盡」，這卻是一目了然的。「意不盡」則自有餘味，結尾含蓄而耐人品味；「情不盡」則感情深永，感人至深。他強調詞的結尾的言外之意與深永之意，要求詞的結語情意不盡，餘音裊裊，使人讀了覺得有綿綿不盡之意。

他不僅在理論上重視詞的結尾，而且在詞的創作實踐中，把重視詞的結尾變成一種自覺的行動。因此，其詞的結語，極有特色。

第一，以寫景結，情寓景中，使詞有悠然不盡之意。

譬如，「芳信絕，東風半落梅花雪」（《千秋歲》「柔腸寸斷」），以「東風半落梅花雪」之景象描寫，暗寓時令轉換，時光悄然消逝，以寫「芳信絕」之悠長，綿綿不盡，襯托出主人公相思感情之深、感傷之重。又如「無計偶，蕭蕭暮雨黃昏後」（《千秋歲》「萬紅喧晝」），天色將暮，難以忍受的孤棲的夜晚就要到來，無法團聚，使這種孤棲的情懷更難忍受。詩人雖未直接抒情，但通過寫景，將詞中抒寫的別情離緒，表現得更加深厚而強烈。「難再偶，沉沉夢峽雲歸後」（《千秋歲・詠疇昔勝會和人韻後篇喜其歸》），「不見，不見，門掩落花庭院」（《如夢令》「回首蕪城舊苑」），都是以寫景作結尾的成功例證。

第二，以寫情結，或直抒胸臆，感情袒露而熾烈；或情緒委婉，感情纏綿而悱惻。

直抒胸臆的，如「須信到，狂心未歇情未老」（《千秋歲》「中秋才過」），「不道有人斷腸也，渾不語，醉如痴」（《江神子》「惱人天氣

〔註 5〕 陳良運：《中國歷代詞學論著選》，第 63 頁，百花洲文藝出版社，1998。

雪消時」)，前者直抒其狂心難老之情，感情強烈，使讀者在思想上產生震撼與共鳴；後者寫其如醉如痴，忘情失態。表現出情眞情深、肝腸欲斷。「應念相思久」(《驀山溪・次韻徐明叔》)、「莫訴厭厭醉」(《驀山溪・采石值雪》) 等，都是以直抒胸臆結尾的。其特點是感情震撼力極爲強烈。

情緒委婉的，如「仿佛幺弦猶在耳，應爲我，首如蓬」(《江神子》「闌干掐遍等新紅」)、「最銷魂，弄影無人見」(《早梅芳》「雪初銷」)。前者從對面著筆，設想對方此時此刻的心態，以曲筆表現我之深情；後者寫弄影無人見之梅花，表現主人公此時無限孤獨寂寞之情。如此等等，情眞意切，意緒纏綿。總之，直接抒情，或強烈，或委婉，主要在情感之眞切。以此引起讀者的共鳴。

第三，以比較結尾，通過比較與選擇，將感情寫得更透亮。

譬如「爲問清香絕韻，何如解語梅花」(《清平樂・橘》)，以所思念的美人清香絕韻之資質與「解語梅花」比較，美人更美，梅花與美人之清香、資質難分高下，透出一片痴心和深情。又如「漫道人能化石，須知人被石銷」(《清平樂・再和》)，不要說你因思念遊子化成望夫石，須知遊子早被望夫石的痴情所化，反襯出遊子比思婦更厚的深情。再如「看了又還重嗅，分明不爲清香」(《清平樂》「仙家庭院」)，「歸來呵，休教獨自，腸斷對團圓」(《滿庭芳・八月十六夜，景修詠東坡舊詞，因韻成此》)，如此等等，都使感情得到進一步昇華，從而使詞有了更高的藝術境界。

第四，善於運用層遞的修辭手法，通過層層舖墊、渲染，將感情表現得更爲強烈。

譬如「鴛鴦半調已無腸，忍把幺弦再上」(《西江月》「醉透香濃斗帳」)，鴛鴦曲奏到半調時，已令人不堪忍受，肝腸早就斷裂了，豈忍心再上幺弦？通過奏樂時情緒的急遽變化，表現出極爲激動的感情。又如「一般偏更惱人深，時更把、眉兒輕皺」(《鵲橋仙》「風清月瑩」)，她是那樣美啊，在常態下都使人落魂失魄；當她時不時眉兒輕皺的時候，看那驚人的姿容，怎能忍受情緒的衝動？通過感情的遞變，極力寫美人之美。層遞修辭手法的運用，極大地提高了詞的藝術效果。

李之儀詞的結尾藝術是很高的，除了上面所談以外，還有許多難以類分而又寫得極好的，如「一番情味有誰知，斷魂還送征帆去」（《踏莎行》「綠遍東山」）；「多情惟有面前山，不隨潮水來還去」（《踏莎行》「還是歸來」）；「魂夢空搔首」（《驀山溪・少孫詠魯直長沙舊詞因次韻》）；「剛被北風吹曉角，相催。不許時間入夢來」（《南鄉子》「夜雨滴空階」）；「清香滿袖，猶記畫堂西」（《臨江仙・江東人得早梅見約探題且訪梅所在因攜箋管就賦花下》）；「怎得此身如去路，迢迢長在君行處」（《蝶戀花・席上代人送客因載其語》）等等，都是醇厚雋永之作。

論秦觀詞的情致

詩言志，詞緣情，與詩相較，詞是以抒情見長。秦觀寫詞，尤善抒情。早在宋代，李清照就說秦觀「專主情致」〔註1〕。後來詞論家論析秦觀詞時，對其情致與韻味，更是讚不絕口。這說明他的詞在抒情上極具特色。關於秦觀詞的情致有何特別表現，至今尚無人做深入地探討。因不揣固陋，對此試作闡釋，就正於方家學者。

一

秦觀詞的抒情特色，究之文體，一言以蔽之曰「深」。所謂「深」，又有深婉、深厚、深切之別。三者又密切勾聯，難以斷然分割。

其一，秦觀詞深婉而含蓄，有清淺之致。所謂淺，是意深語明的淺，是通俗自然、極煉如不煉的淺。因此，與其說淺，毋寧說深。這個淺的表現，實在是得力於語言運用的功力之深。它既不是浮泛直露地表達，也非寓意難尋的晦澀，而是清淺、親切、自然。其詞讀者既能一眼觀透，心領神會，又似乎還隱藏著什麼奧秘，啓人深思，招人吟味咀嚼。他最善於發揮詞的抒情特色，不發議論，故實不多，善用白描，卻能深切地表現一時之情緒，有著特別的韻致與感人的藝術力量。其抒情之深婉、眞摯、動人，爲詞史上所罕見。

〔註1〕 徐培均：《李清照集箋注》，第267頁，上海古籍出版社，2002。

馮煦曾說：「淮海、小山，眞古之傷心人也。其淡語皆有味，淺語皆有致，求之兩宋詞人，實罕其匹。」〔註2〕王國維對此評云：「余謂此唯淮海足以當之。小山矜貴有餘，但可方駕子野、方回，未足抗衡淮海也。」〔註3〕他斷然將與秦觀並列的小山排除在外，鐵板釘釘似地說成是秦觀詞獨有之特色，不爲無見。他的詞不用重筆，不作濃墨重彩的渲染，往往只用了淡語、淺語，卻婉麗清切、平易含蓄。故有著誘人的藝術魅力，有著耐讀的韻致。譬如，爲人艷稱的《浣溪沙》，就有其突出的個性特色。

漠漠輕寒上小樓。曉陰無賴似窮秋。淡烟流水畫屏幽。
自在飛花輕似夢，無邊絲雨細如愁。寶簾閑掛小銀鈎。

此詞詞人著筆輕靈，以清淺的語言，細膩地描寫了她生活的環境：「飛花」、「絲雨」引發了情緒的微波，勾描了她心靈深處的愁怨。時值深秋，天氣微寒，遠處有淡淡的烟靄，近處有流水潺潺。自在的飛花從高空飄然而下，那毛毛細雨無邊無際，在天際輕輕灑落。她走出深幽的畫屏，將水晶簾掛在銀鈎上，佇立門邊，似乎在想什麼。透過環境，讀者視線中的她含情脈脈，似有淡淡的哀愁綺怨。此詞用語是那麼通俗淺白，表現的情緒是那麼輕柔、委婉、含蓄，眞是「不著一字，盡得風流」，詞論家對此詞讚不絕口。俞陛雲說它「清婉而有餘韻，是其擅長處。此調凡五首，此首最勝。」〔註4〕龍榆生評云：「後闋尤饒弦外之音，讀之令人黯然難以爲懷。」〔註5〕所謂「清婉而有餘音」、「尤饒弦外之音」，的是這首詞的特點。

如果說《浣溪沙》「漠漠輕寒上小樓」，是將主人公嚴嚴實實地隱於詞人描寫的環境之中，那麼《畫堂春》就在對環境描寫的同時，將主人公推到前台亮相，使讀者最爲清晰地看到她的倩影。

〔註2〕馮煦：《蒿庵論詞》，第61頁，人民文學出版社，1959。
〔註3〕滕咸惠：《人間詞話新注》，第39頁，齊魯書社，1986。
〔註4〕俞陛雲：《唐五代兩宋詞選釋》，第245頁，上海古籍出版社，1985。
〔註5〕龍榆生：《蘇門四學士詞》，引自《龍榆生詞學論文集》，第293頁，上海古籍出版社，1997。

落紅鋪徑水平池，弄晴小雨霏霏。杏園憔悴杜鵑啼，無奈春歸。　　柳外畫樓獨上，憑闌手撚花枝。放花無語對斜暉，此恨誰知？

此詞上闋寫景，下闋抒情，的是「義蘊言中，韻流弦外」〔註6〕，確有無窮無盡的情韻，讀後有餘音裊裊、不絕如縷之感。餘如「夜月一簾幽夢，春風十里柔情」(《八六子》)、「欲將幽恨寄青樓，爭奈無情江水不西流」(《虞美人》)、「憑欄久，疏煙淡日，寂寞下蕪城。」(《滿庭芳》) 都是情溢筆端之作。

秦觀的詞，還用了諸多修辭技巧，使之感情表現強烈，韻致深沉。如「算天長地久，有時有盡；奈何綿綿，此恨難休。」(《風流子》) 此以「天長地久」之「有盡」，反襯「綿綿此恨」之「難休」。情緒強烈，感情深至。俞陛雲謂：「運古入化，彌見情深」〔註7〕，黃蘇以爲「情致濃深，聲調清遠，回環雒誦，眞能奕奕動人者矣。」〔註8〕

他還喜歡運用遞進辭格，通過層層遞進，一層高似一層，一層深似一層，由此將情緒推到極致。

揮玉箸，灑眞珠，梨花春雨餘。人人盡道斷腸初，那堪腸已無。(《阮郎歸》「瀟湘門外水平鋪」)

鄉夢斷，旅魂孤。崢嶸歲又除。衡陽猶有雁傳書，郴陽和雁無。(《阮郎歸》「湘天風雨破寒初」)

這種異常深切的筆調，將詞人情緒表現得淋漓盡致，使詞中的感情表現極爲深厚。故楊愼評《阮郎歸》「瀟湘門外水平舖」云：「此等情緒，煞甚傷心。秦七太深刻矣。」〔註9〕妙哉斯評，「深刻」前還加一「太」字，足見評者對此詞的不盡激賞之情。

〔註6〕陳廷焯：《白雨齋詞話》，第202頁，人民文學出版社，1959。
〔註7〕俞陛雲：《唐五代兩宋詞選釋》，第231頁，上海古籍出版社，1985。
〔註8〕黃蘇：《蓼園詞評》，引自唐圭璋《詞話叢編》，第3088頁，中華書局，1986。
〔註9〕楊愼：批《草堂》，引自徐培均《淮海居士長短句箋注》，第129頁，上海古籍出版社，2008。

又如：

若說相思，佛也眉兒聚。（《河傳》「亂花飛絮」）

盡道有些堪恨處，無情，任是無情也動人。（《南鄉子》「妙手寫徽真」）

如此等等，都極狀相思之苦，情緒之強烈，顯現出抒情的深婉特色。楊愼稱秦觀在詞中的這種深刻描寫，是「情極之語，纖軟特甚。」〔註10〕「情極」而以「纖軟」的筆法出之，正是這些詞的突出特色。總之，秦觀的詞，既不做濃墨重彩的渲染，也無劍拔弩張的情勢描寫，卻用淺語、淡語娓娓道來，引人入勝。實則，淺語不淺，淡語不淡，用語的是雋永、味深、韻長，細致幽微，令人品賞不置。

其二，他以創造性的藝術手法，使之感情表現深厚有力，令人嘆爲觀止。其手法大致有二：

一是將身世之感融入艷情，使艷情詞有了豐厚的社會內容，感情非常深沉。周濟評《滿庭芳》「山抹微雲」時說：「將身世之感，打並入艷情，又是一法。」〔註11〕他在常見的艷情詞中，融入了身世之感，使本來頗爲輕浮的感情，變得深厚有力，而且有了一定的社會內容，增強了反映現實的厚度與力度。餘如《水龍吟》「小樓連遠橫空」、《長相思》「鐵甕城高」、《虞美人》「高城望斷塵入霧」、《浣溪沙》「錦帳重重捲暮霞」，都具有這種藝術特色。他在這些詞中，把強烈的自我感受，「打並入艷情」，使類型化的情感中帶有鮮明化的個性特色。與其以前的婉約詞相比，他將詞從娛賓遣興的地位提高到寄慨身世抒發眞實感情的階段。使詞的內容，有了質的飛躍。

二是融情入景，情景雙繪，使感情表現得極爲深邃。沈祥龍評秦詞云：「『雨打梨花深閉門』、『落紅萬點愁如海』皆情景雙繪，故稱好句，而趣味無窮。」〔註12〕秦觀詞中善狀景物、情景兼至之作，

〔註10〕楊愼：《草堂詩餘·批語》，引自徐培均《淮海居士長短句箋注》，第22頁，上海古籍出版社，2008。

〔註11〕周濟：《宋四家詞選》，第24頁，古典文學出版社，1958。

〔註12〕沈祥龍：《論詞隨筆》，引自唐圭璋《詞話叢編》，第4056頁，中華

比比皆是。譬如《八六子》詞云：「恨如芳草，萋萋剗盡還生」，言離恨之綿綿不斷，生生不已，將怨恨之情，寫得極爲深厚。故沈際飛評云：「恨如剗草還生，愁如秦絮相接；言愁，愁不可斷；言恨，恨不可已。」〔註 13〕其妙處誠如繆鉞所說：「把景物融於感情之中，使景物更鮮明而具有生命力，把感情附托在景物之上，使感情更爲含蓄深邃。」〔註 14〕這種筆法，在秦觀詞中不時出現。

韶華不爲少年留，恨悠悠，幾時休？飛絮落花時候一登樓。便做春江都是淚，流不盡，許多愁。(《江城子》「西城楊柳弄春柔」)

春去也，飛紅萬點愁入海。(《千秋歲》「水邊沙外」)

這些詞都是以景托情，極寫憂愁之深廣，感情噴湧而出，使情景雙繪而又趣味無窮。

其三，秦觀詞的又一特色是：表情達意，十分深切。所謂切，是切合生活實際，與客觀事實合榫，所寫頗能切中要害，毫無浮泛之弊。黃蘇在評《畫堂春》時說：「末二句尤爲切摯。花之香，比君子德之芳也。所以手撚者以此，所以『無語』而『對斜暉』者以此。既無人知，惟此愛此解而已。語意含蓄，清氣遠出。」〔註 15〕又在評《踏莎行》時說：「按少游坐黨籍，安置郴州。首一闋是寫在郴，望想玉堂天下，如桃源不可尋。而自己意緒無聊也。次闋言書難達意，自己同郴水自繞郴山，不能下瀟湘以向北流也。語意淒切，亦自蘊藉，玩味不盡。」〔註 16〕他在評秦觀《畫堂春》與《踏莎行》時，都緊緊抓住其詞寫景抒情「切」的特點，並詳細闡明其切之所

書局，1986。

〔註 13〕沈際飛語，引自徐培均《淮海居士長短句箋注》，第 28 頁，上海古籍出版社，2008。

〔註 14〕繆鉞：《繆鉞說詞》，第 20 頁，上海古籍出版社，1999。

〔註 15〕黃蘇：《蓼園詞評》，引自唐圭璋《詞話叢編》，第 3036 頁，中華書局，1986。

〔註 16〕黃蘇：《蓼園詞評》，引自唐圭璋《詞話叢編》，第 3048 頁，中華書局，1986。

以然者何。因其描寫之「切摯」、「淒切」，而使詞風蘊藉含蓄，餘味無窮。正因爲秦觀在詞中寫景抒情之切，才贏得「深情可掬」〔註 17〕、「千古絕唱」〔註 18〕之譽。

又如：

> 玉珮丁東別後，悵佳期，參差難又。名韁利鎖，天還知道，和天也瘦。花下重門，柳邊深巷，不堪回首。念多情但有，當時皓月，向人依舊。(《水龍吟》「小樓連遠橫空」)
>
> 無端天與娉婷，夜月一簾幽夢，春風十里柔情。怎奈向、歡娛漸隨流水，素弦聲斷，翠綃香減；那堪片片飛花弄晚，濛濛殘雨籠晴。正銷凝、黃鸝又啼數聲。(《八六子》「倚危亭」)

這些詞誠如賀裳所評：「少游能曼聲以合律，寫景極淒惋動人。然形容處，殊無刻肌入骨之言。」〔註 19〕也如日本詞學家青山宏所說：「在少游眼中所見，耳中所聞的，所說的都是自己的感情。」〔註 20〕他的一些詞，寫得如此深切，如此情韻悠長，不絕如縷，實在是難能可貴的

總之，秦觀的詞，寫得深婉而不直露，深厚而不浮薄，深切而不浮泛，含蓄蘊藉而又韻味深長。

秦觀詞之所以能夠達到如此高的藝術境界，不是恃才，而是持有「詞心」的緣故。關於「詞心」，馮煦在《蒿庵論詞》中作了透闢的闡述，他說：

> 少游以絕塵之才，早與勝流，不可一世；而一謫南荒，遽喪靈寶，故所爲詞，寄慨身世，閑雅有情思，酒邊花下，

〔註 17〕 李攀龍：《草堂詩餘雋·眉批》，引自徐培均《淮海居士長短句箋注》，第 83 頁，上海古籍出版社，2008。

〔註 18〕 王士禎：《花草蒙拾》，引自唐圭璋《詞話叢編》，第 679 頁，中華書局，1986。

〔註 19〕 黃裳：《皺水軒詞筌》，引自唐圭璋《詞話叢編》，第 696 頁，中華書局，1986。

〔註 20〕 〔日〕青山宏：《唐宋詞研究》，第 205 頁，北京大學出版社，1995。

一往而深，而悱怨不亂，悄乎其得小雅之遺；後主以後，一人而已。……予於少游之詞亦云：他人之詞，詞才也；少游，詞心也。得之於內，不可以傳。雖子瞻之明儁，耆卿之幽秀，猶若有瞠乎後者，況其下耶？〔註21〕

秦觀「詞心」之獲得，關鍵在其寫身世之感。他以不可一世之才，欲大展鴻圖，然在現實中每每碰壁，最後貶謫南荒，歷經坎坷困頓。其壯志與現實的巨大反差，不免情緒激蕩，遂產生豐富而深厚的感情，一寓之於詞。他的詞與其說是賦才，毋寧說是賦心。其詞毫無虛飾，全是心靈的震顫。這種詞境的獲得，誠如況周頤所說：「吾聽風雨，吾覽江山，常覺風雨江山外有萬不得已者在。此萬不得已者，即詞心也。而能以吾言寫吾心，即吾詞也。此萬不得已者，由吾心醞釀而出，即吾詞之眞也，非可彊爲，亦毋庸彊求。視吾心之醞釀何如耳。」〔註22〕以這段話解釋秦觀「詞心」之產生原因，是恰當不過的。他在詞中雖然寫景，其實是在自然景物掩蓋下的「萬不得已」的思想感情的眞實流露。故讀其詞，就自然觸及到他不幸身世的脈搏，並爲其抒情的眞切而深深感動。

二

秦觀寫詞，善於處理情與辭的關係，使其自然和諧，相得益彰，獲得了最佳的藝術境界，取得了最完美的藝術效果。

詞是長於抒情的文體，詞人所抒之情，是通過語言來表現的。因此，要填好詞，首先要處理好情與辭的關係：辭要準確完美地表達詞人的感情，使之情辭相稱，自然和諧。辭勝情或情勝辭，都有礙於詞的感情與語言的自然和諧，有礙於詞的藝術的完美，有礙於詞的意境的深厚，有礙於詞人感情在詞中淋漓盡致地表現。因此，二者都不是詞人最佳的選擇。所以寫詞，對於辭與情的表達，不能倚輕倚重，有

〔註21〕馮煦：《蒿庵論詞》，第61頁，人民文學出版社，1959。
〔註22〕況周頤：《蕙風詞話》，引自唐圭璋《詞話叢編》，第4411頁，中華書局，1986。

所偏頗，致使二者失衡。關於詞中對辭與情關係的正確處理，宋人蔡伯世就有剴切的論述。他說：「蘇東坡辭勝乎情，柳耆卿情勝乎辭。辭情兼稱者，唯秦少游而已。」〔註 23〕他論述詞中情與辭的關係，以北宋詞壇三位著名的詞人柳永、蘇軾、秦觀爲例，揭示其在詞中處理辭情的特點，論其得失。他不滿意蘇軾詞的「辭勝乎情」與柳永詞的「情勝乎辭」，而特別肯定並讚揚了秦觀詞的「辭情兼稱」。這種觀點，的爲卓識。可以說是對詞中正確處理情與辭關係的不刊之論。試讀柳永的《雨霖鈴》「寒蟬淒切」、蘇軾的《念奴嬌・赤壁懷古》、秦觀的《滿庭芳》「山抹微雲」，這段話的精微深刻之處，自可見曉的。當我們讀到「多情自古傷離別，更那堪冷落清秋節！今宵酒醒何處？楊柳岸曉風殘月。」其寫景之辭，無不飽含感情，其情若不勝負。猶如果樹中細枝之端結滿碩果，幾欲把細枝壓斷。讀到「大江東去，浪淘盡，千古風流人物。……故國神遊，多情應笑我，早生華髮，人間如夢，一尊還酹江月。」詞人抒情，因其曠放豪邁，遂使懷古傷今悲嘆命運的衷情，終爲曠放之辭所遮蔽，猶如滿樹碩果掩藏在濃密的綠葉之下，讀者只見青枝綠葉而看不到滿樹碩果，造成感情交流上的某些距離。其感人的藝術力量，不免有所縮減。我們再讀「銷魂，當此際，香囊暗解，羅帶輕分。謾贏得青樓，薄倖名存。此去何時見也？襟袖上、空惹啼痕。傷情處，高城望斷，燈火已黃昏。」寫情人離別時不忍分離的感情、不得不分離的感慨以及情人遠離後的依戀不捨之情，情辭配合緊密，絲絲如扣。二者交融婉諧，非常熨帖。讀之似糖水入喉，自然滲入讀者的心田。

情辭相稱，是秦觀詞的突出的藝術特點之一。他的許多詞，都具有這一藝術特點。「天還知道，和天也瘦」，就是他詞中辭情相稱的典型例證。王世貞談到宋詞中幾個「瘦」字的妙用時云：「詞內『人瘦也，比梅花，瘦幾分』，又『天還知道，和天也瘦』，又『莫道不

〔註 23〕孫競：《竹坡詞序》，引自徐培均《淮海居士長短句箋注》，第 340 頁，上海古籍出版社，2008。

銷魂，簾捲西風，人比黃花瘦』，三『瘦』字俱妙。」〔註24〕「瘦」字之所以用得妙，是因爲與辭表現的感情相稱，它恰切地表現了主人公此時此地的深切感情的緣故。

從詞表現的感情類型來說，晚唐、五代以至北宋，都是崇尚陰柔之美的。它往往洋溢著女性文學的風格、感情與特色，有著女性文學的典型風采。秦觀詞具有女性之婉柔特色而少有陽剛之氣的，這一點倒與柳永詞有些接近，而與蘇軾「大江東去」之豪壯風格是格格不入的。元好問評秦觀詩時說：「『有情芍藥含春淚，無力薔薇卧晚枝』，拈出退之山石句，始知渠是女郎詩」。〔註25〕前兩句引秦觀《春雨》詩句，後兩句則對他的詩風柔弱作了譏刺，謂其詩欠缺風骨，沒有力度。未免兒女情多，風雲氣少。其風格有如女郎詩之婉柔，缺乏男子大丈夫的英邁氣概。如果說詩是以過分柔美爲嫌的，那麼詞這種文體，則是以風調之柔美而取勝的。故北宋文人在對詞的審美理念中，是以婉約爲正宗。而秦觀在其詞中，這種柔美之情，表現得更爲充分，更爲突出而典型。如果說秦觀之詩，因其風格之婉柔而遭到詩論家的嘲諷與貶抑，那麼他的詞，卻因具有地道的女性的柔美而受到讀者的讚揚與歡迎，受到詞論家的追捧與喝彩。這是因爲詞是女性文學的，這是當時人們對詞的審美理念。被視爲詞的正宗的婉約詞，具備了女性文學的纏綿、溫柔、輕潤、軟和的特質。秦觀是北宋詞的大家，他的詞歷來被視爲婉約詞之經典。如果用「有情芍藥含春淚，無力薔薇卧晚枝」喻其詞風，則是非常恰當的。他的詞有著少女般地活潑、純眞、溫潤，辭情的協調，有如女性語言與感情的協調柔和，讀其詞，似有鶯鶯燕燕撲面而來之感。總之，豐厚濃鬱的女性文學特色，是秦觀詞藝術上的一個最爲突出的特點。

〔註24〕王世貞：《藝苑卮言》，引自唐圭璋《詞話叢編》，第390頁，中華書局，1986。

〔註25〕元好問：《論詩三十首》，引自羊春秋《歷代論詩絕句選》，第188頁，湖南人民出版社，1981。

從詞的用語來說，秦觀之詞既不俗濫熟滑，也無晦澀之弊，處處顯示出和婉醇正、平易近人的個性。爲此，受到詞論家的讚賞。與他同時的晁補之云：「近世以來作者，皆不及秦少游。如『斜陽外，寒鴉數點，流水繞孤村。』雖不識字，亦知是天生好言語。」〔註 26〕這種天生好言語，在秦觀詞集中比比皆是，不用特意搜索，就一一奔赴眼底。詞論家或謂其「清華」、「清遠」，或讚其「婉美」、「奇麗」、「婉麗」。總之氣質清華、體態婉美，是他詞的語言的最大特色，眞可謂「天生麗質難自棄」，讀者怎能不爲之擊節讚賞呢？其險麗如「鶯嘴啄花紅溜，燕尾點波綠皺」(《如夢令》「鶯嘴啄花紅溜」)、奇妙如「醉卧古藤陰下，了不知南北」(《好事近・夢中作》)，都是值得稱道的好言語。

秦觀詞語言之本色，情感之豐富婉美，使其詞成爲北宋婉約詞的經典之一。夏敬觀云：「少游則純乎詞人之詞也。」〔註 27〕既讚其詞爲詞人之詞，而又用「純乎」加以限制，由此將其推到詞的正宗地位。詞評家將秦觀詞視爲婉約詞之正宗，少游應是當之無愧的。

辭情相稱，自然和諧，必然產生強烈的藝術效果，這是不言而喻的。對其詞的藝術效果，詞論家無不佩服，每每讚揚有加。如說：「少游詞清麗婉約，辭情相稱，誦之回腸蕩氣，自是詞中上品。」〔註 28〕「蓋少游純以溫婉和平之音，蕩人心魄。」〔註 29〕「詞中上品」，言其品第之高，當爲第一流也。「回腸蕩氣」、「蕩人心魄」，譽其藝術感染力之強勁，使讀者心靈爲之震撼。可見，其詞之藝術效果，無以復加，詞家是難以與之比併的。

詞的風格之婉約，辭與情的和諧，這與詞人的個性有著密切的關

〔註 26〕魏慶之：《詩人玉屑》，引自徐培均《淮海居士長短句箋注》，第 54 頁，上海古籍出版社，2008。

〔註 27〕夏敬觀：《手批淮海詞》，引自徐培均《淮海居士長短句箋注》，第 367 頁，上海古籍出版社，2008。

〔註 28〕同上。

〔註 29〕唐圭璋：《唐宋詞簡釋》，第 101 頁，上海古籍出版社，1981。

係。秦觀與蘇軾、黃庭堅一生的遭際，幾乎是完全一樣的：都是懷經濟之才而不得其用，仕途坎坷，屢遭貶謫。然蘇軾受佛老思想影響較深，其懷才不遇或遭受打擊，能以曠放的態度處之，其詞風格清曠；黃庭堅以最倔強的姿態，不爲時勢所屈，其詞如「著腔子唱好詩」，風格奇倔瘦勁；而秦觀性格柔弱，其感情之釋放，是以婉柔出之。他的柔弱的個性與婉約詞的風調十分合拍。故其詞和婉而自然，清新而溫潤，讀之令人久久愉悅而難以忘懷。

三

詩意的銳意追求，使其詞的感情更爲濃鬱，這是秦觀詞情致表現的又一特色。

秦觀詞對於詩意的銳意追求之一，是詩情畫意在詞中的充分表現。在一首詩中，如果有濃濃的詩情畫意，就能夠深化詩的意境，使形象鮮明，詩意盎然，更具有深厚的藝術感染力。同樣，在一闋詞中，如有詩情畫意的展示，也能獲得同樣的藝術效果。在秦觀詞中，詩情畫意的表現是很突出的，這一點，早就引起了詞論家的關注。陳廷焯在評《滿庭芳》「山抹微雲」時說：「詩情畫景，情詞雙絕。」〔註30〕對其詩情畫意，飽含讚美之情。這首詞上闋寫景，詩情畫意盎然；下闋抒情，感情深婉動人。在遣詞與抒情上，都絕妙異常。這種「情詞雙絕」之作，不特《滿庭芳》爲然。而在秦觀的許多詞中，這種特色都有著突出的表現。如《好事近．夢中作》：

> 春路雨添花，花動一山春色。行到小溪深處，有黃鸝千百。　　飛雲當面化龍蛇，夭矯轉空碧。醉卧古藤陰下，了不知南北。

此詞前六句對春景的生動描寫，洋溢著詩情畫意，令人神往；後兩句抒情，對忘我詩境的詠嘆，殊覺情趣雋永。

〔註30〕陳廷焯：《詞則．大雅集》，引自徐培均《淮海居士長短句箋注》，第57頁，上海古籍出版社，2008。

這種洋溢著詩情畫意的風調，在《望海潮》「秦峯蒼翠」上闋中，也得到了充分地表現：

> 秦峯蒼翠，耶溪瀟灑，千巖萬壑爭流。鴛瓦雉城，譙門畫戟，蓬萊燕閣三休。天際識歸舟。泛五湖煙月，西子同遊。茂草臺荒，苧蘿村冷起閑愁。

這充滿詩情畫意的上闋寫景，爲其下闋抒情做了很好的鋪墊。故在下闋抒情中，詞人情緒因其背景有詩情畫意的描繪，更顯出情深、情厚、情濃的特色。餘如《雨中花》「指點虛無征路」、《南歌子》「夕露霑芳草」、《南歌子》「樓迥迷雲日」、《畫堂春》「東風吹柳日初長」等，都洋溢著詩情畫意的描寫。使讀者對詞人描寫的意境，有著更濃厚的詩意感受。

談到詩中對詩情畫意的描寫，蘇軾對王維詩有一條著名的論斷。他說：「味摩詰之詩，詩中有畫；觀摩詰之畫，畫中有詩。」〔註 31〕王維的詩與蘇軾的論斷，曾經使我國許多詞人服膺而難一追步。這種藝術特色在秦觀詞中卻頻頻出現，從而提高了其詞表現的藝術質素。它對詞的藝術表現力的推進，無疑是一個重大的貢獻。

秦觀詞對詩意的銳意追求之二，是詞人對著意表現的詩意，作了進一步的深化：或在意境中翻出新意，作出更深一層的表現；或以鑿空奇語，妙想天開，取得了無理而妙之藝術效果。

前者如「兩情若是久長時，又豈在朝朝暮暮。」（《鵲橋仙》「纖雲弄巧」）前此詩人寫牛女之相會，往往喜其久別重逢，描繪短暫聚會之情濃，而此詞則讚其純潔久長的愛情，強調心靈相通與感情之眞摯。把普通夫婦別離思念之情，提昇到一個更高的具有哲理的層次，使其有了更深廣的含義。黃蘇在其《蓼園詞選》中，以爲此詞義兼比興，隱喻君臣之情。其說雖不無牽強，但也說明此詞因其翻出新意，而有了更深更廣的內涵，有了更高的審美價值與品格。後者如「持酒勸雲雲且住，憑君礙斷春歸路。」（《蝶戀花》「曉日窺軒雙燕語」）詞

〔註 31〕蘇軾：《蘇軾文集》，第 2189 頁，上海古籍出版社，2000。

人給雲獻上一杯美酒，希望它停下來，並阻住飛逝的時光，好讓美好的春光永駐。情癡意濃，極寫他對春光流逝的惋惜之情，可謂無理而妙。又如「明月無端，已過紅樓十二間。」(《醜奴兒》「夜來酒醒清無夢」) 無情的明月，也不稍留，竟已越過十二間紅樓，匆匆而去。詞人怨明月之無情，恰恰是寫出自己之情深意濃。

秦觀詞對詩意的銳意追求之三，是他在詞中著意寫出了忘我的藝術境界。

詞人寫詞，往往借景抒情。因其景色宜人，情眞意切，遂使情景交融，渾然一體，物我難分，不知何者爲我，何者爲物。王夫之云：「情、景名爲二，而實不可離。神於詩者，妙合無垠。」〔註32〕情與景「妙合無垠」的境界，在秦觀詞中，往往得到完美的表現。它將審美主體與審美客體合二而一，寫出了忘我的藝術境界：

> 烟水茫茫，千里斜陽暮。山無數，亂紅如雨，不見來時路。(《點絳唇》「醉漾輕舟」)

此詞的「不見來時路」與《好事近・夢中作》的「了不知南北」，都是一種忘我的藝術境界，也是人生很難遭際的人與境諧的高妙境界，它充分地表現出詞人的自在與自如。詞人之所以忘情，暫時失去了自我，是因爲詞境特別優美，景色特別宜人，由此，他已渾然地完全融入了忘情忘我的「無差別」境界了。讀其詞，我們也躍躍欲試，想作一次身臨其境的體驗。

〔註32〕王夫之：《薑齋詩話》，引自《清詩話》，第11頁，上海古籍出版社，1963。

賀鑄「以詩爲詞」說

在詞的發展史上，蘇軾首先衝破了詞的戒律，「以詩爲詞」，開啓了改革發展的先聲。使詞由豔科而僅供士大夫「遣興娛賓」，走上了反映現實生活的康莊大道。從而以全新的態勢面世，顯現出新的令人驚異的藝術活力。正如歷史上一切改革都會遇到強大的阻力一樣，蘇軾「以詩爲詞」的做法，引起了本色派的強烈反對，連他的弟子晁補之、摯友陳師道，都說三道四，多有非議；而他的另一個弟子秦觀，在詞的創作上，則堅持向柳永學習，使他無可奈何。其改革進程中遭遇阻力之大，可見一斑。毋庸置疑，詞在內容上的突破，必然帶來藝術表現上的某些不適，這是它遭遇反對的重要原因之一。對此，一是因陋就簡，這只能使改革夭折，走回頭路；二是在藝術上作大膽地探索，以嶄新的藝術形式，適應表現新的思想內容的需要。賀鑄在詞的創作上，是能堅持後者的。他在詞的創新道路上，以昂揚的姿態，奮力向前，堅持「以詩爲詞」，進行大膽地革新。爲此，他不僅在詞的意境與風調上，做了多方面的大膽地革新嘗試，在藝術方面作了許多新的追求，使詞在藝術表現上，顯現出很大的活力與張力。從而使詞的革新，取得了許多新的成就。由此將詞的創新工程，大大地向前推進了一步。

一

賀鑄在「以詩爲詞」的創新道路上，作了許多成功地嘗試，寫出了許多堪稱經典的優秀詞篇，推動了詞的創作健康地向前發展。

首先，他以詩人那種特別激動的情緒寫詞，感情豪宕。其詞不再像他以前的詞人那樣，柔聲細氣地一再重複歌唱那才子佳人的離情別恨與深閨柔情，而是帶著詩人特有的豪情，粗喉嚨大嗓子，唱出了時代的新聲，發出了時代的最強音，從而使其詞很好地表現了時代精神，也爲詞的發展，開拓了新的空間。如《將進酒》「城下路」、《行路難》「縛虎手」、《六州歌頭》「少年俠氣」等，都是氣勢浩瀚、感情昂揚激越的詞篇。就是那首《鷓鴣天》「轟醉王孫瑇瑁筵」，也被詞論家稱譽爲「俊爽之至」。〔註 1〕總之，昂揚的情調，充實的思想內容，飽滿的時代精神，構成了賀鑄一些詞的特質。由此展現出詞人理想的光華。如《六州歌頭》：

> 少年俠氣，交結五都雄。肝膽洞，毛髮聳。立談中，死生同。一諾千金重。推翹勇，矜豪縱。輕蓋擁，聯飛鞚，斗城東。轟飲酒壚，春色浮寒甕，吸海垂虹。間呼鷹嗾犬，白羽摘雕弓，狡穴俄空。樂怱怱。　　似黃粱夢。辭丹鳳，明月共，漾孤篷。官冗從，懷倥偬，落塵籠。簿書叢。鶡弁如雲眾，供麤用，忽奇功。笳鼓動：《漁陽弄》、《思悲翁》。不請長纓，繫取天驕種，劍吼西風。恨登山臨水，手寄七絃桐，目送歸鴻。

此詞據鍾振振先生考證，「當作於哲宗元祐三年戊辰（一〇八八）秋，時在和州管界巡檢任」〔註 2〕。它以雄壯而蒼涼的調子，發出了國民的心聲，唱出了時代的最強音。因此，受到了歷代詞論家的普遍關注，當今詞論家對其更是好評如潮。說它「雄健激昂」〔註 3〕，「雄

〔註 1〕 夏敬觀《吷庵詞評》，《詞學》第五輯，第 204 頁，華東師範大學出版社，1989。

〔註 2〕 鍾振振校注《東山詞》，第 422 頁，上海古籍出版社，1989。

〔註 3〕 俞陛雲《唐五代兩宋詞選釋》，第 256 頁，上海古籍出版社，1989。

姿壯采，不可一世」〔註 4〕。認爲此詞「音調激昂，詞情慷慨，反映了作者悲憤的愛國激情。」〔註 5〕「句式短小，節奏急促，感情沉鬱悲憤，是一首聲情與文情完美結合的好詞，頗能代表賀鑄詞豪放浪漫的作風。在宋代蘇軾、辛棄疾豪放詞之間，賀鑄及此詞起著承前啓後的作用」〔註 6〕，以爲「在北宋詞壇，抨擊了朝廷中妥協派的詞作，這是僅見的一篇。靖康之前，憂時憤事而能與後來岳飛、張元幹、張孝祥、陸游、辛棄疾等媲美的愛國詞作，除此而外，更有誰何？」〔註 7〕如此等等，都充分肯定了它在藝術上的成功以及在詞史上的崇高地位。在詞的思想內容上，更是表現出完全嶄新的一頁。總之，它雄健激昂，慷慨悲壯，實在是一首空前的警拔之作。它與蘇軾的《江城子・獵詞》前後輝映，將豪放詞的創作，推向了新的難以企及的高峰。

其次，在詞的創作上，他創造性地學習並繼承了唐詩那種開闊爽朗的風調，掃除了詞中的軟媚氣息，使其有了唐詩的那種令人陶醉的韻味。這種藝術特色，表現在以下兩個方面：

一是他在詞的創作中，學習繼承了唐人絕句的筆法，融匯了唐詩的風調，飽含著超逸、豪邁、空靈的詩的韻味。譬如，他有許多小詞，就是絕句加其他部分組成的。如果將一些詞的前四句切割下來，就是一首意蘊美妙、內容精湛的七言絕句。《避少年》、《千葉蓮》《第一花》的前四句，都是一首很好的七絕。請看《避少年》的前四句：

誰愛松陵水似天，畫船聽雨奈無眠。
清風明月休論價，賣與愁人直幾錢。

這不就是一首優美的唐人絕句麼？它清新、超逸、豪邁，洋溢著詩

〔註 4〕 夏敬觀《吷庵詞評》，《詞學》第五輯，第 205 頁，華東師範大學出版社，1989。
〔註 5〕 胡雲翼《宋詞選》，第 118 頁，中華書局，1962。
〔註 6〕 王友勝《唐宋詞選》，第 267 頁，太白文藝出版社，2004。
〔註 7〕 鍾振振校注《東山詞》，第 438 頁，上海古籍出版社，1989。

情畫意，讀了有餘味無窮之感。又如：「聞你儂嗟我更嗟，春霜一夜掃穠華。永無清囀欺頭管，賴有濃香著碧紗。」「豆蔻梢頭莫漫誇，春風十里舊繁華。金樓玉蕊皆殊豔，別有傾城第一花。」如此等等，都可說是一首很好的有著唐詩韻味的七言絕句。其實，前者是寄調《千葉蓮》的前四句，後者是調名爲《第一花》的首四句。詞中這段準絕句的加入，使其飽含了詩的情調和韻味，並有著美妙絕作的醇厚。

二是他的有些詞，其結尾兩句，或有著內涵豐富、餘音嫋嫋的唐詩風致。譬如，他寫的六首《搗練子》都是。其結尾的特殊表現，顯現著新的藝術風采，你看：

馬上少年今健否？過瓜時見雁南歸。(《夜擣衣》)

寄到玉關應萬里，戍人猶在玉關西。(《杵聲齊》)

不爲擣衣勤不睡，破除今夜夜如年。(《夜如年》)

這結尾的兩句，含蓄蘊藉，詩味悠長，耐人品味。那嫋嫋的餘味，繚繞不絕，似久久地盤桓於耳際，這是詞人妙筆生華而產生的絕佳的藝術效果。這些詞的結尾，誠如俞陛雲所說：「皆有唐人《塞下曲》思致。」〔註 8〕而這兩句，與全詞的格調，也是非常協調的。他的幾首《減字浣溪沙》的結句，都是相當絕妙的，也都受到詞評家的特別讚賞。如「個般情味已三年」，陳廷焯謂：「一句結醒，峭甚。」〔註 9〕「小箋香管寫春心」，陳謂「幽豔」。〔註 10〕「行雲可是渡江難」，陳評「耐人玩味」〔註 11〕。所謂「賀老小詞，工於結句，往往有通首渲染，至結處一筆叫醒，遂使全篇實處皆虛，最屬勝境。」〔註 12〕這些讚譽，並非有意哄抬，而是合乎實際的評語。

〔註 8〕 俞陛雲《唐五代兩宋詞選釋》，第 251 頁，上海古籍出版社，1989。
〔註 9〕 鍾振振校注《東山詞》，第 389 頁，上海古籍出版社，1989。
〔註 10〕 陳廷焯《詞則‧別調集》卷一，引自吳熊和《唐宋詞彙評》(兩宋卷)，第 781 頁，浙江教育出版社，2004。
〔註 11〕 陳廷焯《白雨齋詞話》，第 15 頁，人民文學出版社，1959。
〔註 12〕 陳廷焯《白雨齋詞話》，第 215 頁，人民文學出版社，1959。

陳廷焯還說：《浣溪沙》「夢想西池輦路邊」、《浣溪沙》「閒把琵琶舊譜尋」「妙處全在結句，開後人無數章法。」〔註 13〕可見，其詞是以結句絕妙而擅場的。

其實，作爲詞家，其塡詞是非常重視開頭與結尾的。因爲好的開頭與結尾，它對提昇一首詞的藝術表現力，是爲至關重要的。有經驗的詞人，對於詞的開頭與結尾，都會苦心經營，而絕不率意所爲的。以上所舉這些詞的開頭與結尾，都是頗具匠心的。因此，其詞情不特有著唐詩的渾厚，而且本身就是一首響噹噹的唐調宋詞，〔註 14〕引人注目。這是賀鑄詞的特別成功之處。

第三，賀鑄詞是善於借境的。他往往以唐詩成句入詞，做到詞情深婉，詞意渾融，有天衣無縫之妙。關於詞的借境，他自謂「吾筆端驅使李商隱、溫庭筠，常奔命不暇。」〔註 15〕在他的詞集中，除借李、溫詞句外，還有許多唐詩與古樂府，供他隨意驅遣。他的詞對於詩的承繼與融入，眞是妙合無垠，這是他「以詩爲詞」的又一成功之處。他運用成句入詞，有以下幾點：

一是整首唐人絕句加上衍聲詞，全係借境，殆同抄襲。然仍構成一首新的詞，與謄文公的全文抄襲，仍有不同。如《晚雲高》：

秋盡江南葉未凋，晚雲高。青山隱隱水迢迢，接亭皐。
二十四橋明月夜，弭蘭橈。玉人何處教吹簫，可憐宵。

杜牧《寄揚州韓判官》詩：「青山隱隱水迢迢，秋盡江南草木凋。二十四橋明月夜，玉人何處教吹簫。」賀鑄的《晚雲高》詞，只是將杜牧這首詩一、二兩句前後倒置，另添「晚雲高」、「接亭皐」、「弭蘭橈」、「可憐宵」四個詞而已。故沈雄以爲是衍聲詞，「全用舊詩而爲添聲也。」〔註 16〕王士禎以爲此詞之作，是「文人偶然遊戲，

〔註 13〕陳廷焯《白雨齋詞話》，第 215 頁，人民文學出版社，1959。
〔註 14〕房日晰《論宋詞的唐調與宋腔》，《文藝研究》，2003 年第 10 期。
〔註 15〕周密《浩然齋雅談》，引自鍾振振校注《東山詞》附錄五《序跋評論》，第 558 頁，上海古籍出版社，1989。
〔註 16〕沈雄《古今詞話》，引自唐圭璋《詞話叢編》，第 842 頁，中華書局，

非向《樊川集》中作賊。」〔註17〕此詞雖非嚴格意義上的創作，但也不是杜牧詩的簡單複製。它所添的四個詞，並非全爲無意義的衍聲，而是在某種程度上，深化了詞的意境。「晚雲高」，狀深秋之天高氣爽；「接亭皋」，謂其亭榭處於青山綠水之間；「弭蘭橈」，謂小船在明月之夜泊於風景迷人的二十四橋處；「可憐宵」，謂玉人吹簫使明月之夜更爲可愛。與杜牧原詩相比，它將環境寫得更爲靜謐清幽，更富於詩意。餘如《釣船歸》之襲《漢江》詩，《替人愁》之襲《南陵道中》詩，與此略同。誠如夏敬觀對其《太平時》八首之總評：「多以唐人成句入詞，有天衣無縫之妙。」〔註18〕我們仔細體味這些詩詞，不僅意境微有不同，而且在風格上有俊爽與細膩之分，莊重與媚麗之別，顯現出詩與詞不同的藝術特徵。由此我們也可以上窺一些詞產生的最初情景，這對研究詞體的形成與發展，不無啓示。

二是將唐人詩句隱括入詞。詞的借境或隱括唐人詩句入詞，這在宋詞創作中，是頗爲普遍的一種現象。拙作《關於詞的借境問題的檢討》，〔註19〕對此作了詳細地闡述，可參閱。賀鑄詞在借境上表現得更爲充分和突出。如《卷春空》：

> 牆上天桃簌簌紅，巧隨輕絮入簾櫳。自是芳心貪結子，翻使、惜花人恨五更風。　霞萼鮮濃妝臉靚，相映，來年情事此門中。粉面不知何處在，無奈，武陵流水卷春空。

此詞隱括元稹《連昌宮詞》、王建《宮詞》、崔護《題都城南莊》等詩中的詞句而成。許昂霄評此詞云：「全用唐詩隱括入律」〔註20〕，誠然。賀鑄用唐詩隱括入律的詞，還有《將進酒》、《行路難》、《六州歌

1986。

〔註17〕王士禎《花草蒙拾》，引自唐圭璋《詞話叢編》，第676頁，中華書局，1986。

〔註18〕鍾振振校注《東山詞》，第56頁，上海古籍出版社，1989。

〔註19〕見本書第263頁。

〔註20〕許昂霄《詞綜偶評》，引自唐圭璋《詞話叢編》，第1572頁，中華書局，1986。

頭》等名作，都是很典型的例子。其詞雖則隱括唐人詩句，卻似從胸中噴薄而出，一氣呵成，感情眞摯，意境渾成，毫無生硬與雜湊之感。雖係借境，卻是成功的創造。

在宋詞創作中，借境現象是比較普遍的，也多是成功的。而賀鑄詞的借境，既爲宋詞創作提供了成功的經驗，也對詩歌創作上所謂「點鐵成金」、由承繼而創新是一種微妙的警示：簡單地摭拾前人之成句，不能代替艱辛的創作；即便是最成功的借境，也有可能被譏爲「剽竊之黠者」〔註 21〕的危險。

二

賀鑄「以詩爲詞」，還在於其詞對詩意的特別追求：講究風韻，深化意境，展示獨特的藝術風格等，從而使詞的藝術表現，具有了詩的厚重與醇美。

首先，其詞逐漸放棄了圓熟輕倩的作風，而追求新異的藝術表現，從而形成新鮮的藝術格調。

詞和其他藝術一樣，在創作道路上要不斷突破前人的窠臼，尋求新的表現方式，提高藝術表現力。賀鑄在詞的創作上，於創新方面是下過很大功夫的。不落舊的窠臼，追求新異的表現，這是賀鑄詞的特色之一。夏敬觀在其《手批東山詞》中，評語爲「意新」，意味著詞人在詞的創作過程中，對藝術表現力的苦心探求與提昇。講究詞的風格，追求全新的意境，創造出出色的藝術境界，打造新的藝術品牌，這是賀鑄在詞的創作上孜孜以求的，也是其詞創作的成功之處。故讀起來，頗有新鮮之感。宋徵璧謂賀鑄詞：「其詞新鮮」〔註 22〕，這是抓住其藝術特徵的破的之言。如《菩薩蠻》：

綵舟載得離愁動，無端更借樵風送。波渺夕陽遲，銷

〔註 21〕王若虛《滹南詩話》，引自丁福寶《歷代詩話續編》，第 523 頁，中華書局，1983。

〔註 22〕宋徵璧《倚聲集》，引自徐釚《詞苑叢談》，第 75 頁，上海古籍出版社，1981。

魂不自持。　　良宵誰與共，賴有窗間夢。可奈夢回時，
一番新別離。

這是一首寫離愁別恨的詞。離愁別恨在詩詞中是最常見的、寫得最多的題材，可以說已被前人寫俗了、寫濫了，實在很難出彩，寫出新的特點來。而千篇一律的格調，是創作之大忌，也實在是容易讓人生厭的。賀鑄這首《菩薩蠻》，雖仍寫離愁別恨，卻出手不凡，讀起來感到別有風味。上闋寫送別：前兩句是寫被送者的遠離，由此而產生愁緒。不說人遠離，而說船載著離愁遠去，且無緣無故地吹起了樵風，使船行得更快了，這是送者最不願看到的情景。表現出雙方不忍離別而又不得不分離的無奈。後兩句寫送者的悵惘與深情：在夕陽西下時，船早已在天邊消失，眼前只有浩渺的波濤，仍不忍離去。的確是「孤帆遠映碧空盡，唯見長江天際流」了。此時此地，此情此景，送人者的「銷魂不自持」自在不言中，然詞人卻脫口而出，這似乎是多餘的話，無疑會消減詞的情境的含蓄，然卻突出地表現了情不自已的感情力度。下闋寫別離後之孤寂：爲此，寫了夢中之相會，並寫了夢前的襯托與夢後的失落，將別離之痛寫得如此不堪，如此刻骨銘心。這種詞境，的確是「未經人道過。」〔註 23〕因此讀起來感到新鮮而意味深長。又如：「煙柳春梢蘸暈黃，井闌風綽小桃香。覺時簾幕又斜陽。望處定無千里眼，斷來能有幾迴腸。少年禁取恁淒涼。」（《減字浣溪沙》）上闋極寫春光之優美宜人，那細柳的暈黃鮮嫩，春風的輕盈柔和，直令人陶醉於中而不能自拔；下闋卻寫別離之痛，望望不及而令人斷腸之淒涼，與美好的春光形成強烈地反差。詞人以上闋之和諧環境，反襯下闋情感之無限悲苦，這樣就將情緒之不和諧寫得更加深透，將悲痛之感情推到極致。然行文卻又活潑又超脫，由此使詞境深婉而超拔。

詞人在藝術上求新求異，表現深婉詞境之詞是較多的。如：

〔註 23〕夏敬觀《吷庵詞評》，《詞學》第五輯，第 204 頁，華東師範大學出版社，1989。

雙鶴橫橋阿那邊，靜坊深院閉嬋娟。五度花開三處見，兩依然。(《浣溪沙》)

不信芳春厭老人，老人幾度送餘春。惜春行樂莫辭頻。(《醉中真》)

傷心兩岸官楊柳，已帶斜陽又帶蟬。(《鷓鴣天》)

如此等等，都寫得新鮮而深刻，富於詩意與詩的情調。

作爲詞，詩意的追求與表現手法及藝術手法的創新，能夠極大地增強藝術表現力。換句話說，詞之所以有其藝術生命力，就在於內容與藝術表現力不斷地創新。賀鑄詞的創作，在這方面花了很大的力氣，因而取得了較高的藝術成就。

其次，賀鑄詞有其獨特的近似於詩的藝術風格，這是其詞成功的重要標誌。談到賀鑄詞的藝術風格，劉熙載謂「賀詞贍逸」〔註 24〕，其說極是。贍言詞寫得內容厚實，逸謂寫得有逸致。也就是說，其詞內容豐富，且流露出閒逸之態。詞人在藝術表現上安閒自在，且有無施不可的張力，這就是賀詞的成功所在。所謂「滿心而發，肆口而成，雖欲已焉而不能者。」〔註 25〕就是形容賀鑄揮毫寫詞的情景。有的詞論者讚其詞「醇肆」〔註 26〕，「妙於小詞，吐語皆蟬蛻塵埃之表。」〔註 27〕這些讚語，都是形容其寫詞時的灑脫、超逸，詞意醇美。這也說明，其詞贍逸風格的表現是很充分的。這種風格的形成，有其主客觀原因。從主觀上講，他是一位極富才情的詞人，大概是因其才有餘裕的緣故吧，當他提起筆來，妙思洶湧，總能揮灑自如，悠然自得，筆底波瀾是那麼豐裕，態度是那麼靄然從容，詞自然顯出贍逸之態。從客觀講，前此詞人如晏殊、張先、柳永、

〔註 24〕 劉熙載《藝概》，第 109 頁，上海古籍出版社，1978。

〔註 25〕 張耒《東山詞序》，引自鍾振振校注《東山詞》，第 549 頁，上海古籍出版社，1989。

〔註 26〕 王鵬運《半塘遺稿》，引自孫克強《唐宋人詞話》，第 338 頁，河南文藝出版社，1999。

〔註 27〕 惠洪《冷齋夜話》，引自鍾振振校注《東山詞》，第 557 頁，上海古籍出版社，1989。

蘇軾，都有獨特的藝術風格，且蘇軾「以詩爲詞」，已開風氣之先，賀鑄對其詞作，自然有著借鑑，也有其突破。他的詞的獨特的風格，自有其深遠的歷史基礎。讀他的詞，如品美酒，如飲甘醪，似飲仙漿，其味甘美而沁人心脾，芬芳甘冽。藝術穿透力之強，眞是無以復加的。如《小重山》:

> 月月相逢只舊圓，迢迢三十夜，夜如年。傷心不照綺羅筵，孤舟裏，單枕若爲眠。　　茂苑想依然，花樓連苑起，壓漪漣。玉人千里共嬋娟。清瑟怨，腸斷亦如絃。

這是一首閨思詞，表現夫婦因長期分離不得團聚而極其思念的感情，寫得摯烈而情深。首句「月月相逢只舊圓」，這「舊圓」二字很值得我們玩味的。人們盼月之圓，實際是盼望與親人的團圓。可月到望日圓了，而別離已久的親人則依舊分離，並未因月之圓而使長期分離的親人團聚。這月圓而人未圓的情景，使人大爲失望，且月月如此，怎能不令人感傷呢？這度日如年之迢迢長夜，一月有三十天啊！而巴巴等來的團圓竟又是新的失望。在這一葉孤舟裏，教人何以安眠呢？想念家裏的玉人，只能是兩人相距千里之遙，共看明月，聊寄相思罷了。何況，愁人的肝腸也像弓絃那樣繃得緊緊地以至斷裂。寫得如此深婉，能將傳統的閨思題材，寫得如此纏綿，如此哀怨，如此痛苦不堪，內容是夠深厚的了。然他又寫得那麼從容，那麼安閒，那麼有逸致。說它風格贍逸，也是十分恰切的。類似的詞，在賀鑄《東山詞》中，是屢見不鮮的。

賀鑄在詞的創作實踐中，形成了個人獨特的近似於詩的藝術風格，在詞史上寫下頗爲厚重的新的一頁，值得我們特別重視的。

三

賀鑄「以詩爲詞」的特色之三，是大力改革詞牌名稱，以題爲調，力圖使詞的內容與詞調完全吻合。使詞表達的思想內容明朗顯豁，不再過分隱晦與朦朧。

從詞的發展史來看，最早的詞調，就是詞題，如《浪淘沙》、《楊柳枝》、《漁父》、《憶秦娥》等，代表內容的詞題與代表音樂的詞調是合二而一的，題即是調。隨著詞的發展與歌伎演唱的需要，詞調逐漸脫離了詞表達的內容，僅成了純音樂的標誌，與詞要表達的內容脫節，僅從詞調再看不出詞人所寫的內容與所要表達的思想。爲了使詞表達的內容顯豁，詞人按調填詞的同時，加了詞題或短序，或涵蓋詞的內容，或挑明填詞的背景。於是，詞調與詞題各司其職，兩不相涉。然詞調與詞題的同時出現，在形式上疊床架屋，似有累贅之嫌。爲了改變這種現象，賀鑄力圖恢復詞的題調一致的傳統，使詞的題調合二而一，精切簡明。爲此，他做了大量的詞調改革試驗，或裁取縮略詞句爲新名，或概括詞意爲新名，或用樂府舊題或仿樂府舊題爲新名，由此產生了許多新的涵蓋詞的思想內容的詞牌。在現存《東山詞》中，這種經過改造而產生的新詞牌有一二一個〔註 28〕，占到賀鑄現存詞的七分之三，可見其改革力度之大與用力之勤。這種改革詞牌的現象，在詞史上可謂獨一無二的創舉。在這一二一個詞牌中，直接或間接涵蓋了詞的內容的有七〇首〔註 29〕，佔到其改革詞牌總數的十二分之七。

對於賀鑄改革詞調，詞論家做了一些評騭與肯定：朱孝臧說：「寓聲之名，蓋用舊調譜詞，即摘取本詞中語以易新名。後來，《東澤綺語債》略用茲例。」〔註 30〕準確客觀，將其製調方法及影響，說得恰如其分。鍾振振說：「對於調的繁衍，賀氏也有不少貢獻。……其中多數當是他的自度曲或新翻譜。」〔註 31〕趙曉蘭說：「以製詞調

〔註 28〕解靈甸《賀鑄〈東山詞〉詞牌改換新名現象探微》，《南陽師範學院學報》，第 79 頁，2004 年 1 月。

〔註 29〕解靈甸《賀鑄〈東山詞〉詞牌改換新名現象探微》，《南陽師範學院學報》，第 86 頁至 87 頁，2004 年 1 月。

〔註 30〕朱孝臧《彊邨叢書本東山詞上賀方回詞東山詞補跋》，引自鍾振振校注《東山詞》，第 552 頁，上海古籍出版社，1989。

〔註 31〕鍾振振校注《東山詞》，(《前言》) 第 7、8 頁，上海古籍出版社，1989。

之法製詞調兼詞題，是賀鑄以詩爲詞追求詞的雅化的結果。」〔註32〕解旬靈說：「想要恢復詞牌名實統一傳統。這一作法體現了賀鑄的詞學理想。」〔註33〕都在一定程度上，肯定了他改革詞牌的良好的主觀願望。至於客觀效果如何，則似乎有意避開了。

賀鑄新製的詞調，基本上涵蓋了詞牌與詞題的內容，從而使題調合一，簡要明切。雖然有的新調還顯得有些生硬，不夠和諧。然在詞調改革方面，總是跨出了新的一步。儘管這種作法對後世影響甚微，很少有人步武，更談不上發揚光大了。然總歸是一種不無有益的嘗試。

由詞調即詞題，到詞調單純表音樂，再到詞調與詞題的合二而一，這不是簡單的復舊，而是否定之否定，應是螺旋形的上昇，而非簡單的重複所能奏效。賀鑄採取了類似於簡單重複的辦法，以制詞調，這是不符合事物發展規律的。因此，所製詞調，有著嚴重的陌生化與去音樂化，甚至也難準確的涵蓋內容，不倫不類。有些詞調，雖然也較準確地概括了詞的內容，但也似無必要。譬如《搗練子》是寫征婦爲征夫做征衣的，是「思婦懷征夫之詞。」〔註34〕賀鑄卻因其詞中有「破除今夜夜如年」、「淨拂床砧夜擣衣」、「過年惟望得書歸」、「巧翦征袍鬥出花」、「砧面瑩，杵聲齊」，詞調卻分別改爲《夜如年》、《夜擣衣》、《得書歸》、《翦征袍》、《杵聲齊》，踵事生華，將一個詞調，變成五個詞調，眞是多此一舉。有論者譏其「更喜歡標新立異」〔註35〕或爲中的之言。

綜上所論，賀鑄「以詩爲詞」諸端，無論對詞的思想內容的拓展，對藝術表現的精進與創新，以及以題爲調，都對詞的思想藝術的深化發展與推進，有著良好的影響，值得我們進一步深入探討的。

〔註32〕 趙曉蘭《宋人雅詞原論》，第260頁，巴蜀書社，1999。

〔註33〕 解靈旬《賀鑄〈東山詞〉詞牌改換新名現象探微》，第79頁，《南陽師範學院學報》，2004年1月。

〔註34〕 謝映先《中華詞律》，第8頁，湖南大學出版社，2005。

〔註35〕 王松齡《賀鑄》，呂慧鵑《中國歷代著名文學家評傳・續編》，第110頁，山東教育出版社，1989。

陳師道詞簡說

陳師道的詞，已被人淡忘而在文學史上漸次消失了。文學史家對他的詞很少讚譽，有些講詞的專史，也對他隻字不提，詞選家也不大選他的詞。如今，有多少人還記得他的詞呢？然而，作爲一位著名的詩人、詞評家，他對自己詞的藝術成就卻極爲自信。他說：「余他文未能及人，獨於詞，自謂不減秦七、黃九。」〔註1〕又說：「擬作新詞酬帝力，輕落筆，秦、黃去後無強敵。」（《漁家傲・從叔父乞蘇州濕紅箋》）秦觀、黃庭堅的詞成就斐然，名重一時，他們在北宋詞壇有著舉足輕重的地位。陳師道也曾稱讚說：「今代詞手，惟秦七、黃九爾，唐諸人不迨也。」〔註2〕他與號稱「今代詞手」的秦、黃爭雄，自信詞的藝術水平不比他們差，可謂自許甚高。他的詩在文學史上有很高的地位，與黃庭堅並稱「陳黃」，而且是「江西詩派」的「一祖三宗」之一。陳師道所謂「他文」，也自然包含了他的詩。說他的詩「未能及人」，這表明態度謙虛，不以過人自居，更用以反襯對自己詞作的自信、自得。他對自己詞的評價，質言之，已經超過了在當時詞壇稱雄的秦、黃。誠如日本著名的漢學家青山宏所說：

〔註1〕陳良運：《中國歷代詞學論著選》，第54頁，百花洲文藝出版社，1998。

〔註2〕施蟄存、陳如江：《宋元詞話》，第58頁，上海書店出版社，1999。

「說穿了，等於宣告自己的詞作才是天下第一等。」〔註3〕

對於他抑「他文」以揚詞的主觀意圖，胡雲翼曾推測說：「或者後山因爲詩已有定論，故自抑其詩而揚其詞，以求世人之激賞耶？」〔註4〕陳師道對自己詞的評價與詞論家對其詞的評價，差距爲什麼那麼大呢？是他過於自信還是詞論家對其詞評價偏低？竊以爲兩者的估量都不無偏頗之處，茲試論之如次。

一

陳師道在詞的創作上是「尊體派」，以柔媚婉約爲本色，這是他的安身立命之處。他批評蘇軾的詞說：「退之以文爲詩，子瞻以詩爲詞，如教坊雷大使之舞，雖極天下之工，要非本色。」〔註5〕可見，他反對蘇軾「以詩爲詞」，認爲是「非本色」的。他是要求「以詞爲詞」的「本色」化，也即晚唐以來詞的女性化、柔媚化、音樂化，堅持詞的「軟媚」本色。他並非讓詞倒退到晚唐和北宋之初的藝術水準，而是要求詞沿著晚唐和北宋之初固有的女性化、柔媚化、音樂化的道路前進，使詞的創作眞正按詞體的要求規範化，在藝術表現上眞正體現詞的「軟媚」特色。反對詞體解放、內容題材擴大、走上如蘇軾那樣「以詩爲詞」的創作道路。誠然，蘇軾對詞的創作，「指出向上一路，新天下耳目」〔註6〕，從而使詞走上了健康發展的道路，在詞的創作上成就卓然，在詞史上影響深遠。然「以詩爲詞」的結果，必然消減了詞固有的個性，這也是不爭的事實。陳師道在詞的創作上，堅持了詞固有的特性，這對詞藝術生命力的維護，仍有其重要意義。

陳師道在詞的創作上以小令爲主。他的詞今存五十四首，其中小令就有四十八首，佔全部創作的百分之九十。在柳永大張旗鼓地

〔註3〕〔日〕青山宏：《唐宋詞研究》，第302頁，北京大學出版社，1995。
〔註4〕胡雲翼：《胡雲翼說詞》，第102頁，華東師範大學出版社，2004。
〔註5〕陳師道：《後山詩話》，引自施蟄存、陳如江《宋元詞話》，第58頁，上海書店出版社，1999。
〔註6〕王灼：《碧雞漫志》，第10頁，遼寧教育出版社，1998。

寫長調的幾十年後，在眾多詞人較爲普遍地寫長調和中調的時候，陳師道一生僅寫了一首長調和五首中調，這確實是一種特異現象。之所以在詞的創作中出現這種特異現象，與其創作的主導思想有關。他在詞的創作上，不用鋪敘，語言自然，很少用典。其詞蘊藉含蓄，富有詩意。有些詞，更是寫得玲瓏剔透，不著色相，有著典型的婉約詞的特色。譬如《南鄉子》：

> 急雨打寒窗，雨氣侵燈暗壁釭。窗下有人挑錦字，行行，淚濕紅綃減舊香。　　往事最難忘，更著秋聲說斷腸。曲渚圓沙風葉底，藏藏。誰使鴛鴦故作雙。

這是一首意境優美、感情深厚的小詞：一陣急雨敲打著窗戶，寒氣逼人，雨氣侵襲之下的壁燈是那麼昏暗。窗前有一位少婦在細心地挑著錦字，一行，又一行，淚水撲簌簌地流下來，滴濕了手中的紅綃，以致紅綃的香氣也爲之減弱。這一字字、一行行，全是她心底眞情的吐露。她將對丈夫的無限深情都注入了紅綃，急切地傾訴著她的思念與孤單。一件往事突然展現在她的眼前：在茂盛的荷花裏，她和她的丈夫在曲渚圓沙裏幽會，戲效鴛鴦，周圍是那麼靜謐，那麼和諧，那麼富有詩意。這一細節是如此生動、逼眞，記憶是那麼清晰。這與她現在的處境形成強烈的對比，更加深了她的憂傷。此詞上闋是她在雨打寒窗的沉悶氛圍下爲丈夫寫信。她不是用筆寫，而是用針挑在紅綃上，寫其意念纏綿感情沉壓的心迹。下闋則以兩人以前的一次幸福的幽會，反襯今日別離的淒苦，寫得更深沉，更富有詩意。詞人以白描的手法，將主人公的形象展示在讀者面前，形象如此鮮明、生動，給人留下了極深刻的印象。此詞感情之深摯、構思之巧妙、意境之優美，足以和秦、黃詞的壓卷之作媲美。「不減秦七、黃九」的豪言，豈浪言哉？然陳師道此類詞畢竟不多，否則，眞可與秦、黃爭雄千秋了。

陳師道還有一些詞，也是寫得相當不錯的。《卜算子》：「纖軟小腰身，明秀天眞面。淡畫修眉小作春，中有相思怨。　　背立向人羞，顏破因誰倩。不比陽台夢裏逢，親向尊前見。」又《洛陽春》:「酒到橫波嬌滿。和香噴面。攀花落雨祝東風，誚不借、周郎便。　背立腰肢挪捻，更須回盼。多生不作好因緣，甚只向、尊前見。」這兩首詞都是寫歌伎的。詞人以白描的手法，寫出了她的處境和怨望，形象鮮明，呈現出獨特的藝術特色。

陳師道的詞以意爲主，既重視詞的意境描寫，又不乏精妙的文采。吳可云:「凡裝點者好在外，初讀之似好，再三讀之則無味。要當以意爲主，輔之以華麗，則中邊皆甜也。」〔註7〕陳師道詞寫得很實在，無裝點，少粉飾，似乎質實、枯槁、瘦健，實則有外枯中膏、質而實綺、癯而實腴之妙。他極力追求詞的意境美，使詞達到了相當高的藝術境界。

二

陳師道和北宋許多詞人一樣，多寫兩性之情。而他有些詞是寫自己與妻子長期別離的，因其身之所經，情之自出，更是眞實而感人。

陳師道一度生活困頓，無法養活自己的妻子兒女。元豐七年（1084）五月，他的岳父郭概提點成都府路刑獄。陳師道送其妻郭悟及三子隨同郭概入蜀，有《送內》、《別三子》諸詩。《別三子》云:「夫婦死同穴，父子貧賤離。天下寧有此，昔聞今見之。母前三子後，孰視不得追。嗟呼胡不仁，使我至於斯？」他仰呼蒼天，痛徹五內，熱淚奔流的神情，躍然紙上。《菩薩蠻》四首，蓋爲同時或稍後所作。如果說《送內》、《別三子》是詩人臨時提筆揮灑的至情之文，眞切感人，那麼《菩薩蠻》四首則有點兒「閉門覓句」的味道，注意文飾，在構思上頗下過一番功夫。如《菩薩蠻・七夕》:

> 行雲過盡星河爛。爐烟未斷蛛絲滿。想得兩眉顰。停針憶遠人。　河橋知有路。不解留郎住。天上隔年期，

〔註7〕吳可:《藏海詩話》，引自丁福保《歷代詩話續編》，第331頁，中華書局，1983。

人間長別離。

「想得兩眉顰，停針憶遠人」，詞人是從對方著筆，想像妻子愁眉苦臉，停下針線活兒憶念自己的情景。這將自己思念妻子的感情，寫得更眞摯、更深厚、更眞切感人。「天上隔年期，人間長別離」，則慨嘆自己不如牛郎織女：牛郎織女雖隔天河相望，一年尙有一次會面的機會，而自己與妻子別離，則是會面遙遙無期。這種感慨包含著多麼深的感情。餘如「離愁千載上，相遠長相望。終不似人間，回頭萬里山」(《菩薩蠻》「東飛烏鵲西飛燕」)、「愁來無斷絕，歲歲年年別。不用淚紅滋，年年歲歲期」(《菩薩蠻》「銀漢清淺塡烏鵲」)，都是感人至深的詞句，它們將兩人長期離別，時刻夢想歡聚的心態寫得十分逼眞。「歲歲年年」與「年年歲歲」這種詞的重疊，無疑加大了情緒的份量。

他也有寫歌伎之作，如《木蘭花減字・贈晁無咎舞鬟》：

娉娉裊裊，芍藥枝頭紅玉小。舞袖遲遲，心到郎邊客已知。　當筵舉酒，勸我尊前松柏壽。莫莫休休，白髮簪花我自羞。

詞人寫的舞鬟形象活潑而優美：她身姿窈窕，舞態裊娜，心靈活便。上闋寫她在詞人眼中漂亮的身姿與活潑聰穎，下闋寫其爲詞人勸酒祝壽，給詞人頭上簪花，狀其善於應酬。陳師道還寫了大量的情詞，如《木蘭花減字》「勻紅點翠」、《菩薩蠻・佳人》等，都寫得清麗自然，頗有韻致，讀起來餘音裊裊，韻味不盡。「玉腕枕香腮，荷花藕上開。一扇俄驚起，斂黛凝秋水。笑倩整金衣，問郎來幾時？」(《菩薩蠻・佳人》）都是令人難忘的詞句。「玉腕」兩句，卓人月以爲是「妙喻」〔註 8〕，其比喻之妙，詞中少有，遂使美人之媚態，躍然紙上。

王鵬運評陳師道詞云：「詞名詩餘，後山詞其詩之餘矣。卷中精警之句，亦復隱秀在神，蕃艷爲質，秦七、黃九蔑以加。昔杜少陵

〔註 8〕 卓人月：《古今詞統》，第 160 頁，遼寧教育出版社，2000。

詩云:『文章千古事,得失寸心知。』國朝納蘭容若自言其詩詞:『如魚飲水,冷暖自知而已。』篤行如後山,詎漫然自矜許者?特可爲知者道耳。」〔註 9〕王鵬運對陳師道詞的評價,雖有過譽之嫌,然畢竟不是漫然相許,更非無分寸的捧場,可謂後山知音。

三

陳師道善於運用修辭手法,其詞較多地運用了對偶、疊字、精警等辭格,提高了詞的藝術表現力,顯示出語言的個性特色。

其詞有許多對偶句,借著形式的整齊與音節的和諧,使內容鮮明、深刻、有力,使讀者易於感知、聯想、記誦,並獲得勻稱美、音樂美的享受。譬如「故國山河在,新堂冰雪生」(《南柯子》),上聯用了杜甫《春望》的首句與「新堂冰雪生」配對形成偶句,使新堂給人以異常清爽之感。餘如「天上雲爲瑞,人間睡作魔」(《南柯子》);「樓上風生白羽,尊前笑出青春」(《西江月》);「點點輕黃減白,垂垂重霧生鮮」(《西江月》);「清風居士手,楊柳洛城腰」(《臨江仙》)等,都是自然而工整的對偶句,極富整齊、對稱的均衡美。

善於疊字,是陳師道詞作的又一顯著特點。在其詞中單字重疊的如盈盈、小小、點點、陰陰、喧喧、休休、痴痴等;雙字重疊的有歲歲年年、年年歲歲、重重密密、休休莫莫、藏藏摸摸、莫莫休休等;單字與雙字重疊的在《後山詞》中有三十八個。四分之三的詞都有單字或雙字的重疊,可見他是很喜歡並善於運用疊字的。譬如「綺樓小小穿針女,秋光點點蛛絲雨」(《菩薩蠻》),「小小」美穿針女之正値妙年,「點點」狀蛛絲雨之細如牛毛;「窗下有人挑錦字,行行……曲渚圓沙風葉底,藏藏」(《南鄉子》),前者謂挑了一行又一行錦字,寫其感情專注、執著,把一腔眞情都要挑在錦字的情景;後者寫少女少男躲躲藏藏,狀嬉耍之態,十分逼眞。這些疊字用得相當工巧,形式上整齊,語感上和諧,加強了詞的音樂美和藝術表

〔註 9〕 孫克強:《唐宋人詞話》,第 352 頁,河南文藝出版社,1999。

現力。

顧炎武說，「詩用疊字最難」，難在「復而不厭，賾而不亂」〔註 10〕。詩是如此，詞更是如此。所以李清照《聲聲慢》因善用疊字而爲詞論家所艷稱。談到疊字的妙處，劉勰也說：「寫氣圖貌，既隨物以宛轉；屬采附聲，亦與心而徘徊……並以少總多，情貌無遺矣。」〔註 11〕陳師道詞疊字的使用收到了「以少總多，情貌無遺」、聲情並茂、音義並美的藝術效果。

陳師道詞中，也有一些警句，精警凝練而寓意深刻。譬如《木蘭花》中「不辭歌裏斷人腸，只怕有腸無處斷」，耐人尋味，含義深刻。楊愼云：「陳後山爲人極清苦，詩文皆高古，而詞特纖豔……又有席上贈妓詞云：『不愁歌裏斷人腸，只怕有腸無處斷。』所謂彼亦直寄焉，以爲不知己者詬厲也。」〔註 12〕李調元云：「喜用尖新字，然最穩。」〔註 13〕可見，他善用警句、尖新字，得到了詞評家的推許。

四

陳後山詞，也有一些缺點或不足之處。談到他的詞的缺點時，王灼一針見血地指出：「世言無己喜作莊語，其弊生硬是也。」〔註 14〕馮煦也說：「嫻雅有餘，綿麗不足。」〔註 15〕這些評語，質諸《後山詞》，都是十分恰當的。詞本來多是遊戲筆墨，貴在有一些諧趣，輕巧、活潑、雋美，供人娛樂和消遣。陳師道卻似乎板著面孔寫詞，他追求的意境過分認眞了，其詞就難免有些莊重。他的詞雖不能說有道學氣，卻確實有點兒古板，行文不善於亦莊亦諧，因此軟媚綿

〔註 10〕顧炎武：《日知錄》，第 921 頁，甘肅民族出版社，1997。
〔註 11〕周振甫：《文心雕龍注釋》，第 493 頁，人民文學出版社，1981。
〔註 12〕楊愼：《詞品》，引自唐圭璋《詞話叢編》，第 479 頁，中華書局，1986。
〔註 13〕李調元：《雨村詞話》卷一，引自唐圭璋《詞話叢編》，第 1402 頁，中華書局，1986。
〔註 14〕王灼：《碧雞漫志》，第 16 頁，遼寧教育出版社，1998。
〔註 15〕馮煦：《蒿庵詞話》，第 65 頁，人民文學出版社，1959。

麗似有不足。他批評蘇軾「以詩爲詞」，他的詞在內容與風格方面的表現，亦是近乎「以詩爲詞」了。

陳師道在詞的創作上，遵循著婉約詞寫作的路子，並將詞寫得有點莊重。他既沒有像秦觀那樣，將婉約詞的表現發展到極致，那麼委婉而富於韻致，又無黃庭堅詞風格多樣、美不勝收的風采，詞的數量也比秦、黃少。「不減秦七、黃九」的豪言，不免有點言過其實。其詞實不足以與秦、黃比並，更遑談超越秦、黃。然他畢竟留下了一些可讀的好詞，而且在詞的整體藝術上堪稱上乘。因此，漠視其在詞史上的地位，顯然也是不夠公正的。

周邦彥詞校議（二則）

近讀周邦彥詞，發現一些異文。因字形相近，初疑手民誤植。經檢核，各有所據。或諸家均未出校，或雖出校又覺於意未安。故作校議二則。

一、「嗚軋」與「嗚軋」

《華胥引》:「對曉風嗚軋。」

吳則虞校點《清眞集》（中華書局，1981 年）、蔣哲倫校編《周邦彥集》（江西人民出版社，1983 年）、劉揚忠撰《周邦彥詞選評》（上海古籍出版社，2003 年）均作「嗚軋」；孫虹校注《清眞集校注》（中華書局，2002 年）、朱德才主編《宋詞十八家・周邦彥詞》（文化藝術出版社，1999 年）、蔣哲倫選注《周邦彥選集》（河南大學出版社，1999 年）均作「嗚軋」。

這六種周邦彥詞的本子，對此均無出校，蔣哲倫先生兩次校周邦彥詞，先作「嗚軋」，後作「嗚軋」，是誤排還是對以前錯誤的修正，不得而知（底本均用鄭文焯校本）。

究竟是「嗚軋」還是「嗚軋」，周詞是用典，應以出典爲準。其典出自杜牧《題齊安城樓》:「嗚軋江樓角一聲。」然檢各種版本，或作「嗚軋」，或作「嗚軋」，難衷一是。就幾種有權威的版本來看，馮集梧《樊川詩集注》（上海古籍出版社，1978 年）作「嗚軋」；《全唐詩》卷五二二《杜牧集》（中華書局，1960 年）作「嗚咽」，注：一作「嗚軋」；《樊川文集》（上海古籍出版社，1978 年），作「鳴軋」。

檢「嗚軋」一詞，又見唐崔魯詩，可以參校。《唐百家詩選》（四庫全書本）卷一九崔魯《春晚岳陽城言懷》「暮笳嗚軋調孤城」；《全唐詩》卷五六七崔魯《春晚岳陽言懷》二首其一「暮笳嗚咽調孤城」；《石倉歷代詩選》（四庫全書本）卷一二崔魯《春晚岳陽城言懷》「暮笳鳴軋滿孤城」，也是「嗚軋」、「嗚咽」、「鳴軋」在各種版本中並存。

「嗚軋」與「鳴軋」都有權威的版本爲依據，因此從版本學角度，難以判斷是非。此詞是杜牧首用，似無出典。從杜牧詩中描寫的情景並參諸崔魯的詩，該詞爲模擬軍樂角、笳之聲，當爲象聲詞。因角、笳聲極相似，故可同用一個象聲詞。象聲詞模擬聲音，組詞以模聲爲準，採用與聲之逼肖的表聲字組合，其單字除表聲之外別無他意。吹角、笳時，抬指擫指，發出嗚嗚軋軋之聲，故以「嗚軋」狀之。「鳴」雖亦狀聲，然鳴之含義紛雜、抽象，不若嗚之狀聲形象、單一。「鳴軋」顯係不詞，何論象聲？「鳴」字或因形近「嗚」字而誤植，或因有人不知象聲而誤改，今特正誤，作「嗚軋」爲是。

二、「烏雀」還是「鳥雀」？

《蘇幕遮》：「烏雀呼晴，侵曉窺檐語。」孫虹《清眞集校注・校記》云：「烏雀：底本、吳鈔本、毛刻本、宛鈔本、丁刻本、王刻本、朱刻本作『鳥雀』，從景宋本。」

注釋云：「烏雀句：《禽經》：『鳩拙而安：鳲鳩也。《方言》云：蜀謂之拙鳥，不善營巢，取鳥巢居之，雖拙而安處也。雄鳴晴，雌鳴陰。』宋人王楙《〈補禽經〉說》言《禽經》佚文有『鵲俯鳴則陰，仰鳴則晴。』歐陽修《啼鳥》：『誰謂鳴鳩拙無用，雄雌各自知陰晴。』蘇軾《江城子》：『昨夜東坡春雨足，烏鵲喜，報新晴。』宋人傅幹注曰：『烏鵲，陽鳥，先事而動，先物而應。漢武帝時，天新雨止，聞鵲聲，帝以問東方朔，方朔曰：「必在殿後柏木枯枝上，東向而鳴也。」驗之，果然。』事見《初學記》卷三十鵲部引《東方朔傳》。」

吳則虞校點《清眞集》、蔣哲倫編校《周邦彥集》、朱德才主編《宋詞十八家・周邦彥詞》、劉揚忠撰《周邦彥詞選評》、蔣哲倫選注《周邦彥選集》均作「烏雀」，無校語。劉揚忠注云：「侵曉：天快亮的時候。窺檐：從屋檐的縫隙裏往下探看。隋煬帝《晚春詩》：『窺檐燕爭入，穿林鳥亂飛。』」蔣哲倫注與劉注基本相同，惟措詞略異。朱德才注云：「呼晴：猶言喚晴。舊時有『鵲噪晴，鳩喚雨』之說。」

孫校作「烏雀」，注則指出鳩與鵲呼晴。然雀、鵲不通，「烏雀」並非「烏鵲」。「烏」若作「烏鴉」講，與下文注鳩與鵲無涉；若作「烏黑」講，烏鵲是黑色，鳩並非皆黑，也難將其全部包容；若作「鳥雀」，鳥義較泛，不僅包含了呼晴的鳩與烏鵲，且與下句窺檐語的出典密切相關。兩句意謂：鳥雀窺檐而語，似向主人報告天將晴的好消息。因此，此處作「鳥雀」似意勝。

毛滂在詞史上的貢獻

毛滂（1061～1125），字澤民，號東堂，衢州江山（今屬浙江）人，是北宋後期在創作上很有成就的詞人，在詞史上有著突出的貢獻。他早年受知於蘇軾，蘇軾爲之延譽，名聲大噪；晚年爲生活所迫，給佞臣蔡京祝壽獻媚，獲得小小的官職。「滂雖由軾得名，實附京以得官」〔註 1〕，在以人品論定詞品的道德評判中，他的詞受到學者的冷落。「五四」以後，由於受西方民主思想的影響，學者對毛滂詞的評價有所回歸，其詞得到比較公允的評價。陸侃如、馮沅君的《中國詩史》，胡雲翼的《宋詞研究》，吳梅的《詞學通論》，走出了以人品論詞的誤區，對其詞都作了較爲客觀的評價。薛礪若的《宋詞通論》，對其詞評價頗高，並以之爲宋代瀟灑詞派的領袖。新中國成立後，評價作家與作品，由於受政治標準第一的影響，加上對其詞本身的認知不夠，毛滂的詞在中國文學史上又幾乎消失了。幾部權威的文學史，如游國恩等主編的《中國文學史》、中國社科院文研所編的《中國文學史》、章培恒主編的《中國文學史》以至孫望等人主編的《宋代文學史》，均未提到毛滂的詞。毛滂詞在《中國文學史》上的缺失，不能不使人有點遺憾。流行的文學史中，只有劉大杰的

〔註 1〕 吳熊和：《唐宋詞匯評》（兩宋卷），第 1107 頁，浙江教育出版社，2004。

《中國文學發展史》談到毛滂，卻說：「晁、毛集中，雖有不少風格頗低的艷詞，但那些並非代表之作。他們雖無東坡的氣魄與品格，卻深受著蘇詞那種開拓解放的影響。」〔註2〕他對晁補之詞的評價，可以存而不論，認爲毛滂詞的代表作「卻深受著蘇詞那種開拓解放的影響」，自是不易之論。但說毛滂「有不少風格頗低的艷詞」，則似與事實相背。最近幾年，關於毛滂的研究，發表了十多篇論文，然多係生平探賾，至於對毛滂詞本身的研討，似嫌不夠。因此，有重新探索與研究的必要。

一、嚴肅莊重的艷詞

毛滂詞中的艷詞有二十餘首，約占其全部詞作的十分之一。在這二十餘首詞中，有六首是寫給妻子的。其中，以「家人生日」爲題的祝壽詞就有四首。宋人是喜歡寫壽詞的，在《全宋詞》中，祝壽詞之多，令人生厭。但爲妻子祝壽者，卻非常少，而毛滂爲妻子祝壽詞之多，在詞史上還是罕見的。作爲封建士大夫，他對乃眷那麼尊重，感情是那麼專注、眞摯、情篤，可見他是一位特別重感情的人，也是不大拘束禮法的人。那首被人歷來艷稱的《惜分飛・富陽僧舍代作別語》，別本在題序中有「贈妓飛瓊」四字，因此長期被誤認爲是贈妓之作。周少雄先生認爲「所贈者似不當爲歌伎……疑《惜分飛》是贈妻之詞」〔註3〕，其說極是。這首被譽爲「語盡而意不盡，意盡而情不盡」〔註4〕的詞，雖未必是他的壓卷之作，但確實是一篇傳誦千古的名篇。《殢人嬌・約歸期偶參差戲作寄內》，雖稱「戲作」，卻寫得眞摯感人。「風露冷，高樓誤伊等望」，「依還是，夢回綉幌，遠山想像」。詞人從對面著筆，想像妻子盼望自己歸

〔註2〕 劉大杰：《中國文學發展史》（中卷），第248頁，古典文學出版社，1958。

〔註3〕 周少雄：《瀟灑詞人毛滂》，《古典文學知識》，1988年第5期。

〔註4〕 周輝：《清波雜誌》，引自施蟄存、陳如江《宋元詞話》，第333頁，上海書店出版社，1999。

家的情景，寫得那麼動人，眞乃性情中人也。總之，他寫給妻子的六首詞，都是很有感情的，是值得我們一讀的。他寫的豔詞中，寫別人姬妾或歌伎者，有《踏莎行・陳興宗夜集俾愛姬出幕》、《訴衷情・見吳家歌伎》、《青玉案・戲贈醉妓》、《菩薩蠻・贈舞妓》等七首。豔詞另有《清平樂・春夜曲》、《更漏子・熏香曲》、《于飛樂・代人作別後曲》、《最高樓・春恨》等八首。這些豔詞，雖不免有些色情的描寫或暗示，但總的來說，寫得還比較純眞、莊重，多是豔而不淫之作。如《青玉案・戲贈醉妓》:「玉人爲我殷勤醉。向醉裏、添姿媚。偏著冠兒釵欲墜。桃花氣暖，露濃煙重，不自禁春意。綠榆陰下東行水，漸漸近、淒涼地。明月侵牀愁不睡。眉兒吃皺，爲誰無語，閣住陽關淚。」以寫醉態爲主，雖有打趣之處，但仍比較莊重。總之，他不是視女人爲玩物，也沒有以輕佻的筆調寫娛情，而是帶著幾分尊重、幾分憐惜寫這些下層婦女的。與宋代其他詞人的豔詞相比，不是寫女性服飾姿容與態勢，而主要是寫其心理與感情。即便偶涉色情，也是十分含蓄的，這一點是很可貴的。在他的詞中，很少有北宋詞人、特別是北宋前期詞人那種濃烈的香豔氣息，他沒有一首像柳永、秦觀、黃庭堅那些專寫床笫之樂的低俗作品，更沒有一首帶著欣賞的態度寫男女幽會者。總之，他是一位在生活上很嚴肅的詞人，沒有北宋文人詞客那種對女人或歌伎的浮浪情思與輕薄情調。他的豔詞，寫得較爲嚴肅、莊重和含蓄，字句乾淨，思慮純潔。作爲寫男女之情的詞作，毛滂的豔詞，在思想感情上有很大的提昇，他超越了北宋某些豔詞的卑俗。對豔詞的寫作來說，是一個新的較高的起點。

二、宋詞中的唐調

宋詞有唐調與宋腔之別：唐調活潑、明朗、圓潤；宋腔老成、陰晦、凝澀。唐調雖不一定都是一揮而就，但大都是即興之作，多爲短曲，在字句上也不大潤飾，故明麗天然；宋腔則注重字句的推敲，喜用長調，擅長舖敘，講究錘煉之功，故老練凝重。大抵唐調以北宋爲最，宋腔以南宋爲多，然因時因人也略有參差，並非截然劃一的。毛滂所處的時代，是宋詞由唐調轉爲宋腔的轉折時期，周邦彥詞可以說是宋腔的奠基之作，而比周邦彥略早的毛滂之詞，仍以唐調爲主。他的許多詞都寫得玲瓏剔透，而又不失其自然本色。如：

桃夭杏好，似箇人人好。淡抹胭脂眉不掃，笑裏知春占了。　　此情沒箇人知，燈前子細看伊。恰似雲屏半醉，不言不語多時。(《清平樂》)

花市東風卷笑聲，柳溪人影亂於雲，梅花何處暗香聞。　　露濕翠雲裘上月，燭搖紅錦帳前春，瑤台有路漸無塵。(《浣溪沙·上元遊靜林寺》)

這兩首詞，都寫得相當自然，相當本色，也相當華美。它活潑、明朗、圓潤，讀起來朗朗上口，意境上無隔無礙，的是玲瓏剔透的好詞。雖然詞人在寫作時注意了技巧與修飾，也不乏錘煉之功，但其技巧與錘煉不是外化的，而是渾然內藏的。它被活潑輕快的調子所掩蓋，使人覺得作者寫詞時是出口成章、任意揮灑的。蓋詞人填詞時感情充沛，爲情造文，因而詞顯得自然、活潑、流暢，韻味天然，毫無凝澀、拘謹之弊。《虞美人·東園賞春見斜日照杏花甚可愛》、《菩薩蠻·代贈》、《減字木蘭花·李家出歌人》、《踏莎行·元夕》，都是典型的唐調。有著飽滿的生氣與韻味，並散發著濃鬱活潑的青春氣息。

宋詞中的唐調，有一些浪漫主義特色。毛滂的詞，也洋溢著浪漫的氣息。譬如《攤聲浣溪沙·吳興僧舍竹下與王明之飲》：

雨色流香繞坐中，映堦疏竹一叢叢。不奈晚來蕭瑟意，子猷風。　　瀲灩滿傾金鑿落，淋漓從溼繡芙蓉。吸盡百川天上去，看長虹。

此詞上闋寫僧舍竹林之勝景，環境極其優美；下闋寫兩人之豪飲，情緒高昂。結尾「吸盡百川天上去，看長虹」，有蘇、辛之豪放與浪漫，詞境頗爲壯濶，其行爲之豪放與豁達亦溢於言表。餘如「急剪垂楊迎秀色，到窗前」(《攤聲浣溪沙・冬至日，天氣晏溫，從孫使君步至雙石堂，北望山中微雪，因開窗倚目，適二柳當前，使君命伐之，霍然遂得眾山之妙》)，「我有凌霄伴。在何處，山寒雲亂。何不隨君弄清淺。見伊時，話陽春，山數點」(《夜遊宮・僕養一鶴……便知僕居此不落寞也》)，都表現出詞人行爲的浪漫。這種浪漫的風格與情思，給詞帶來了生氣與活力。

宋腔與唐調各有優長，不應以個人偏好而隨意褒貶。然唐調清新活潑而富於藝術活力與亮色，故得到讀者的喜愛而易於傳播。毛滂詞的唐調，自然會獲得讀者的喜愛與歡迎，這是不言而喻的。

三、詞境開拓與瀟灑的詞風

對於詞境的開拓以及詞境向詩境轉化，並開創瀟灑的詞風，這是毛滂在詞史上的又一重要貢獻。

毛滂詞在保持詞的要眇宜修特色的同時，極力使詞境向詩境轉化，開拓詞的藝術領域。他在詞中，著力營造了濃鬱的詩的韻味與情調，使其詞極富詩的意味。可以說是詩化的詞。如《臨江仙・宿僧舍》：

> 古寺長廊清夜美，風松煙檜蕭然。石闌干外上疏簾。過雲閒窈窕，斜月靜嬋娟。　　獨自徘徊無箇事，瑤琴似奏流泉。曲終誰見枕琴眠。香殘虯尾細，燈暗玉蟲偏。

按詞題說，是住宿僧舍，這自然是在遠離囂塵的幽靜的山林。此詞上闋寫僧舍優美的自然環境：在和風烟靄中屹立的松樹與檜樹是那麼高大、挺拔；天空的雲彩是那麼悠閑而美麗；娟娟斜月，又是那麼幽靜而美好，這一切的一切，都洋溢著濃濃的詩意，恬靜、美妙、蕭散，給人以舒適之感。下闋寫詞人在清幽環境中的興致：試用瑤琴彈一曲《高山流水》，那琮琮錚錚的琴聲，淨化著詞人的心靈，漸次進入無差別境界。彈完一曲，枕琴而眠，不知東方之既白。詞人描寫的境界，完全是詩化了的，簡直就是超脫凡塵的仙境。這種優美的詞的境界，令人悠然而神往。

毛滂詞在詩化的過程中，有些寫得秀美而瀟灑。譬如《西江月·縣圃小酌》：

煙雨半藏楊柳，風光初到桃花。玉人細細酌流霞，醉裏將春留下。　　柳畔鴛鴦作伴、花邊蝴蝶爲家。醉翁醉裏也隨他，月在柳橋花榭。

垂柳旁邊的鴛鴦、花邊的蝴蝶，都是那麼自在，自然是那麼完美和諧，醉翁悠然自得，完全消融在這種無限美好的環境中，充滿歡快愉悅的情緒。

他的一些詞句，頗有詩的情調和韻味，這是他的詞詩化特色之一。如「不信臘寒彫鬢影，漸移春意上妝光」(《浣溪沙·家人生日》)；「雲近恰如天上坐，魂清疑向斗邊來」(《浣溪沙·初春汎舟，時北山積雪盈尺，而水南梅林盛開》)；「芳草池塘新漲綠，官橋楊柳半拖青」(《浣溪沙·寒食初晴，桃杏皆已零落，獨牡丹欲開》)；「風露滿簾清似水，笙簫一片醉爲鄉」(《浣溪沙·武康社日》)，都是清雋可喜的詩句。「珠樓缈缈，人月兩嬋娟，尊前月，月中人，相見年年好」(《驀山溪·元夕詞》)，寫出了極優美的意境，散發著濃濃的詩意。

北宋後期，新舊兩黨的鬥爭是很激烈的，毛滂處在黨爭的夾縫中，受到當權者的擠兌，長期在僻遠的地方作個小小的地方官，有志不得伸，有才不得用，這種冷官對他來說是食之無味棄之可惜的雞肋，因此就難免產生隱逸之思，他寫了許多向往隱逸生活的詞作，表現了對當時腐敗的政治的厭倦與疏離。如《雨中花·武康秋雨池上》：

池上山寒欲霧，竹暗小窗低户。數點秋聲侵短夢，檐下芭蕉雨。　　白酒浮蛆雞啄黍。問陶令、幾時歸去。溪月嶺雲紅蓼岸，總是思量處。

詞裏的這種深切隱逸之思，表現出他對官場的厭倦。他把隱逸生活想得很自在，看得很瀟灑。「羈鳥戀舊林，池魚思故淵」，要像田園詩人陶淵明那樣，極欲離開官場的羈絆，很快回到田園，過輕鬆灑脫的日子。詞也寫得輕快而瀟灑。毛滂這種強烈的隱逸之思，在許多詞裏都有表現，形成一種非常瀟灑的詞風。如《浣溪沙》：「本是青門學灌園。生涯渾在亂山前。一犁春雨種瓜田。　　別後倩雲遮鶴帳，來時和月寄漁船，旁人莫做長官看。」這首田園詞寫得何等瀟灑。餘如「雲外歸鴻，煙中飛槳，五湖秋興心先往」（《七娘子》）；「明年春色重來，東堂花爲誰開。我在蘆花深處，釣磯雨綠莓苔」（《清平樂・春晚與諸君飲》）；「歎我平生，識盡閒滋味。來閒地，爲君一醉，萬事浮雲外」（《點絳脣》），都表現出他對暫時脫離官場的隱逸生活的陶醉。他有時把隱居描寫成迥非人間的生活境界，進入一種遠離塵世的仙境。「與君踏月尋花，玉人雙捧流霞。吸盡杯中花月，仙風相送還家」（《清平樂・東堂月夕小酌，時寒秀峰下婆羅花盛開》）。這種在內容上注重隱逸之思抒寫的詞篇，往往把隱居生活寫得很理想、很美，爲不食人間烟火味的仙境，詞風也很瀟灑，這種瀟灑的詞風，對陳與義、朱敦儒詞風頗有影響。陳與義的《臨江仙》「憶昔午橋橋上飲」詞風的灑脫、風流，朱敦儒的《鷓鴣天》「我是清都山水郎」表現出的狂傲不羈，都是毛滂瀟灑詞風的繼承與延續。總之，毛滂詞徹底擺脫了北宋前期那種頗爲濃艷的詞風，開創了一種疏雋瀟灑的詞風。這種詞風是對傳統詞境的疏離和拓展，從而使頗爲狹隘的詞境得以大大地豐富，並深刻影響到後代。

四、煉飾而自然的語言特色

毛滂詞在藝術表現上頗有特色，因此受到詞選家的推崇。朱彝尊選的《詞綜》，在藝術上標榜「醇雅清空」，毛滂詞入選者竟達二十一首之多，可見，他的詞符合「醇雅清空」者頗多，而且在詞史上有著較高的地位。其詞不僅注重意境的錘煉，寫出了許多具有優美意境的詞作，而且在遣字造句上頗具錘煉之功，使詞在藝術表現上頗有個性與特色，字句精練而表現力極強。如《南歌子・席上和衢守李師文》：

綠暗藏城市，清香撲酒尊。淡煙疏雨冷黃昏，零落酴醾花片，損春痕。　　潤入笙簫膩，春餘笑語溫。更深不鎖醉鄉門。先遣歌聲留住、欲歸雲。

此詞構思新穎別致，詞句凝練警拔，意境清幽，表現出詞人擺脫俗務、風雅自樂的心情。詞風瀟灑，別有韻致，其遣詞造句，尤見研煉之功。「藏」、「撲」、「損」、「膩」、「溫」五個字都用得極好、極活、極妥帖，強化了詞的詩意美，使其蘊含豐富而有力。末句「先遣歌聲留住、欲歸雲」，是多重的擬人句：「欲歸雲」，是擬人；「留住」，是擬人；而「先遣歌聲」去留，亦是擬人。通過多重擬人手法的運用，不僅表現出歌聲之極端優美動人，且暗示其有響遏行雲之清亮高亢，的確是描寫與形容歌聲之美的絕妙詞句。在他的詞中，凝練精妙的句子是很多的，可以說是隨處可見。譬如「冷射鴛鴦瓦，清欺翡翠簾」（《南歌子．東堂小酌賦秋月》），一個「射」字，見冷風之淩厲，一個「欺」字，見清氣之凜冽。又如「花市東風卷笑聲」（《浣溪沙．上元遊靜林寺》），一個「卷」字，見笑聲之高朗遠播。此句之妙，可與宋祁之「紅杏枝頭春意鬧」、張先之「隔牆送過秋千影」，鼎足而三。一字之用，境界全出。「目送千秋爽氣，簾卷一城風月」（《水調歌頭．登衢州雙石堂呈孫八太守公素》）、「畫船簾卷月明中」（《浣溪沙．汎舟》），「卷」字亦妙。他用「卷」字的句子頗多，大都清新可喜，可謂善用「卷」字者：

風卷旆，水搖天，魚龍挾彩船。（《更漏子．和公孫素汎舟觀競渡》）

彩雲朝真天質秀。寶髻微偏，風卷霞衣皺。（《蝶戀花．東堂下牡丹，僕所栽者，清明後見花》）

離唱斷、旌旗卻卷春還。（《八節長歡．送孫守公素》）

兵廚玉帳卷鄮湖，人醉碧雲欲暮。（《西江月．次韻孫使君見寄時僕武康待次》）

以上諸句的「卷」字，用得也無不精妙。另外，像「疏疏煙柳瘦於人……緩歌金縷細留雲」（《浣溪沙》）；「過雲閒窈窕，斜月靜嬋娟……香殘虯尾細，燈暗玉蟲偏」（《臨江仙·宿僧舍》）；「雨呼煙喚付淒涼，又不成、那些好夢」（《夜行船·雨夜泊吳江，明日過垂虹亭》）。「瘦」、「細」、「閒」、「靜」、「偏」、「呼」、「喚」等，都是詞人精心揀選的極富表現力的字眼，說它是「一字千金」，也不爲過。總之，毛滂詞是善於煉字的。可貴的是，他的許多字都是用得既活潑生動、自然高妙，而又不留絲毫的錘煉之迹。詞句流暢，詞風灑脫，詞味濃鬱，寫出了頗具個性特色的好詞。

惠洪詞補輯二首

——兼與何忠盛先生商榷

讀何忠盛先生《惠洪詞補輯十四首》（見《古籍整理研究學刊》2010 年第三期），獲益良多。惠洪詞《全宋詞》存 21 首，今何文補輯 14 首，增加了五分之二，這對研究惠洪、特別是惠洪詞，提供了重要的文獻資料，功莫大焉！文章論據充分可靠，可爲定讞。然也有些美中不足之處，特提出與何先生商榷。

第一，文章將「闋」寫成「闕」，犯了常識性的錯誤。短短的一篇文章，「闕」字出現了 9 次，全用錯了。這顯然不屬於校對問題，而是作者的誤用。詞的一首叫一闋。分段的詞，上段叫上闋，下段叫下闋。也有三闋、四闋的詞。闕，含義有二：一是同缺；二是指宮門兩邊的樓台，泛指帝王的住所，如宮闕。可見闕與闋不能通用。近年刊物上發表有關研究詞的論文，往往將「闋」寫成「闕」字，前幾年某出版社出版了一本《唐宋詞選》，是一位很有成就的中年學者選注的，選目與注釋頗見功力，書校對精審。該書從頭到尾使用的 121 個「闋」字，均寫成「闕」字，令人莫名驚詫！重複百遍的錯誤，就有可能被誤認爲是眞理。爲準確使用漢字，特予糾正。

第二，《晚歸自西崦復得再和二首》，有五個缺字。這五個缺字

《全宋詩》卷一三三四據武林本《石門文字禪》，一一補出。這五個缺字依次爲「人」、「顯」、「待帆」、「壓」。何文卻依舊開了天窗。

第三，這 14 首詞的認定，還可以從詞調的聲律方面，進一步夯實。對此，下文要談，此處不贅。

《石門文字禪》卷八，緊接《晚歸自西崦復得再和二首》之後，惠洪還有二首《浣溪沙》，即《肇上人居京華甚久別余歸閩作此送之》，此係詞題。可惜何君失之交臂，今補錄如下：

毳帽駝裘一尾輕，半開便面氣如春，醉歸穿市月隨人。
此境要非吾輩事，摩頭忽憶海山濱，蕨芽荔肉齒生津。

十分春壓能眠柳，一再風撩解笑花，故山應摘雨前茶。
從我覓詩如觸鹿，爲君肥字作棲鴉，句中有眼莫驚嗟。

將這首被《石門文字禪》列爲古詩的詩，斷定爲兩首《浣溪沙》詞的連綴，理由可參何文。關於《浣溪沙》的格律，龍榆生云：「四十二字，上片三平韻，下片兩平韻，過片二句多用對偶」（《唐宋詞格律》）。田玉琪云：「此調後爲唐宋流行詞調，通用體式爲上下片各爲三句的齊言體，四十八字。（按：「八」字應爲「二」字）聲律方面上下片第三句重複上句的平仄關係，形成回環複沓之美，在作法上，下片一二句通常要求對仗。」（《詞調史研究》）這兩首詞，除首句未用韻外，餘均合格。然龍榆生、田玉琪二位先生，是就通用體而言的，也有特例。謝映先《中華詞律》舉薛昭蘊《浣溪沙》「紅蓼渡頭秋正雨」，係「又一體」，謝謂「此詞起句不用韻異。」《全宋詞》編者由《石門文字禪》卷八輯錄的《浣溪沙·送因覺先》，也是首句不用韻的。可見，首句不用韻的《浣溪沙》「又一體」，是爲學者承認的。我補輯的這二首與何先生補輯的十四首，均係《浣溪沙》中的「又一體」。這兩首詞，就押韻而言，檢《詞林正韻》，前者爲第六部平韻，後者爲第十部平韻，也是完全合格的

惠洪的這十八首《浣溪沙》（何補 14 首，我補 2 首、《全宋詞》編者輯錄 2 首），均載《石門文字禪》卷八末尾。這些詞都是「以詩

爲詞」，均爲與朋友酬應之作，風調也與詩相類。他與蘇軾交往密切，也可能受了蘇軾「以詩爲詞」創作傾向的影響。這十八首詞，是作者或編者有意識的放在一起的，並依詞題排列，放在卷八之後。或者前面寫了《浣溪沙》調，後被刊落，也未可知。這十八首詞的編排，還有諸多疑問，尚須破解。

附：何忠盛《惠洪詞補輯十四首》

中華書局 1965 年版《全宋詞》和 1999 版《全宋詞》均收惠洪詞二十一首，且篇目完全相同。但近日筆者研習《石門文字禪》時發現被《全宋詞》漏收的惠洪詞多達十四首。惠洪字覺範，後更名德洪，俗姓彭，筠州人，生於宋神宗熙寧四年（公元 1071），建炎三年（公元 1128）卒。惠洪一生著述甚豐，文辭俊偉，不類浮屠氏。惠洪《石門文字禪》〔註 1〕30 卷，爲其弟子覺慈所編，目錄下有古詩、律詩、偈、贊、銘、記、序等多種文字體裁，但奇怪的是，集中獨不見宋代盛行的詞體，讓人疑竇頓生。

《石門文字禪》卷 8 收錄的是惠洪的七言「古詩」，但此卷中的下引幾首明顯不是古詩。爲了弄清楚這幾首「古詩」的格律，我們先按「七言」斷句，觀察其用韻的情況：

雨中聞端叔敦素飲作此寄之

但見杯中春潑面。不知門外雨翻盆。人間萬事一蛇蚊。
正恐卷氈爲鼈飲。何妨跨項作猿蹲。此生隨處有乾坤。
短李貌和髯似棘。王郎耳熱氣如霓。不知今日是何時。
醉鄉城郭無關鑰。世路風波太嶮巇。且看相枕爛如泥。

端叔見和次韵答之

俊詞方覺春照眼。秀句忽驚絲出盆。睡餘兩鬢尚殷蚊。
行樂風軒須痛飲。窮吟空屋笑愁蹲。筆端浩蕩吐乾坤。

〔註 1〕本文所引惠洪作品均據上海商務印書縮印江南圖書館藏徑山寺本《石門文字禪》，四部叢刊亦錄此版本。

落筆新詩敏風雨。撚鬚豪氣劃虹霓。侍兒扶掖醉吟時。
靖節田園尋窈窕。謫仙風味自嶔巇。何如春甕揭黃泥。

再和復答

道鄉是宅扶歸路。法喜爲妻笑鼓盆。蟭螟膽大敢巢蚊。
游戲秋毫鋒際立。卷藏法界眼中蹲。自然函蓋合乾坤。
醉裏兩篇開爛錦。雨前千丈掛彎霓。楊梅櫨橘恰嘗時。
自笑此生眞逆旅。人情何處不同巇。禪心且作絮沾泥。

睡起再得和篇

幽夢驚回煙霧帳。清泉起弄雪花盆。風櫓斜日一區蚊。
淮水雨開縈練淨。鍾山雲卷露龍蹲。癡禪剛道屬乾坤。
綠髮筆端能吐鳳。雪髯胸次尚盤霓。道山歸去定何時。
身外聲名徒暴曜。夢中憂患自臨巇。烏鞋長恨涴塵泥。

復次韻

句健未須纏法律。飲豪那暇較瓶盆。疾雷破柱一聲蚊。
吟狂不覺跨驢穩。醉臥都忘對虎蹲。箇中別是一乾坤。
八篇俊逸狂時語。五色光芒雨後霓。清吟要不負明時。
嗟我拙詞傷弄巧。愛君難韻解平巇。且歌滑路雨成泥。

晚歸自西崦復得再和二首

人歸西崦步翠麓。月出東峰湧玉盆。詩如琥珀妙藏蚊。
摩頭長詠笑自語。劃席冥搜臥復蹲。筆端三昧撼乾坤。
眾□俯看旋磨蟻。忠義平生貫日霓。也知用舍各由時。
□處山川非設險。笑中陷阱卻藏巇。此時擬議轢中泥。

世事回頭驚破甑。年華脫手墮空盆。機鋒火聚不容蚊。
□□未欲乘風去。捫風閑爲抱膝蹲。掌中訶子是乾坤。
□寨詞鋒盤屈劍。吸川酒膽倒垂霓。脫巾露頂笑狂時。
任意清閒飢得食。關心名利醉登巇。濁流心念以澄泥。

如果把上引作品視爲「七言古詩」，首先，我們會發現用韻上明顯存在問題。以上引第一首爲例，韻字就應該是：「盆」、「飲」、「坤」、「霓」、「鑰」和「泥」。但「盆」屬《廣韻》上平聲二十三「魂」

韻，而「飲」屬《廣韻》上聲四十七「寑」韻，「坤」屬《廣韻》上平聲二十三「魂」韻，「霓」屬《廣韻》上平聲十二「齊」韻，「鑰」屬《廣韻》入聲十八「藥」韻，「泥」屬《廣韻》上平聲十二「齊」韻。古詩格律雖然比較寬鬆，但除歌行體外一般也不換韻；上述這些韻字跨越平、上、入等多個韻部，明顯違反了古詩的押韻規則。其次，上引這些作品都是與李之儀唱和的，既然是「次韻」，那麼韻字的位置和順序就應該是完全相同的，通過對上引各首作品進行比對，我們可以發現「盆」、「蚊」、「蹲」、「泥」、「霓」、「時」、「巇」、「坤」才是眞正的韻字；而這些韻字位置分別出現在「古詩」的第二、三、五、六、八、九、十一、十二句句末，這也可以看出作者押的不是詩韻。

惠洪的這組作品既然是爲「端叔」、「敦素」飲酒而寫，我們就可以考察惠洪和這兩個人的交遊情況，看看兩人現存作品中有沒有酬答惠洪的作品。大觀二年（公元 1108）夏，惠洪聽說李之儀、王敦素兩位友人飲酒，寫了上引這組作品與他們反覆唱和。王敦素，生平事蹟不詳，著述已不可考。端叔，即李之儀，《宋史》稱滄州無棣人，但據四庫館臣考證，當爲樂壽人，之儀元豐中舉進士，元祐初爲樞密院編修官，通判原州，元符中監內香藥庫，以嘗從蘇軾幕府，爲御史石豫劾罷，後又忤蔡京，編管太平。李之儀和惠洪相識的時間和地點有待進一步研究，但從李之儀的《姑溪居士集》、《姑溪詞》和惠洪的《石門文字禪》中的現存作品來看，二人平時多有唱和。我們發現李之儀集中有三首「浣溪沙」詞和上引惠洪作品的用韻幾乎完全相同，今據李之儀《姑溪詞》引錄如下：

浣溪沙　和人喜雨

龜坼溝塍草壓堤，三農終日望雲霓，一番甘雨報佳時。聞道醉鄉新占斷，更開詩社闕排巇，此時空恨隔雲泥。

雨暗軒窗晝易昏，強歙纖手浴金盆，卻因涼思謝飛蚊。酒量羨君如鵠舉，寒鄉憐我似鴟蹲，由來同是一乾坤。

聲名自昔猶時鳥，日月何嘗避覆盆，是非都付鬢邊蚊。

邂逅風雷終有用，低回囊檻要深蹲，酒中聊复比乾坤。〔註2〕

前引惠洪作品標題上有「寄之」、「答之」、「復答」等用語，而李之儀「浣溪沙」詞也是爲「和人」而作，寫作背景都提到一個「雨」字；更爲重要的是在用韻上，李之儀的詞和前引惠洪作品所用韻字完全相同（李之儀「浣溪沙」詞或者前引惠洪作品的編排順序有所顚倒，並且可能李之儀的和答之作沒能完整保存下來）；李之儀的作品編入「浣溪沙」詞牌下，既然是相互唱和，作品所用體裁必然相同，這些都證明前引惠洪作品不是古詩而是兩兩相連的「浣溪沙」詞，可惜的是，《石門文字禪》和《全宋詞》的編者都沒能辨識出來。

惠洪門人覺慈編訂《石門文字禪》時把惠洪的這組詞誤認爲是「古詩」，《全宋詞》的編者也沒能辨識和收錄，我想主要原因有二：第一，很可能惠洪的稿子在編輯之前就丟失了詞牌「浣溪沙」，這給編者增加了辨識的難度；第二，古人寫詩不用句讀，寫詞也不分上下闋，從《再和復答》裏的句子「醉裏兩篇開爛錦」來看，惠洪和李之儀的唱和每次都是兩首，兩首「浣溪沙」連接在一起共十二句，由於沒有哪種詞牌有這樣的句式，致使編者誤認其爲古詩。同樣被覺慈認爲是古詩，編入《石門文字禪》卷 8 的《送因覺先》和《妙高墨梅》兩首「浣溪沙」詞，也是丟失了詞牌，但因爲都是單首六句，《全宋詞》的編者辨認了出來；而上面兩兩相連的十四首「浣溪沙」詞卻沒能辨認出來。

我們斷定前引惠洪作品不是古詩而是「浣溪沙」詞，還在於它們符合「浣溪沙」詞牌的格律。據《欽定詞譜》，「浣溪沙」共有一種正體五種變體，其中一種變體的格律爲「雙調四十二字，前後段各三句，兩平韻」，並舉薛昭蘊詞爲例：

紅蓼渡頭秋正雨，印沙鷗迹自成行，整鬟飄袖野風香。

不語含顰深浦里，幾回愁煞棹船郎，燕歸帆盡水茫

〔註 2〕唐圭璋《全宋詞》，北京：中華書局 1965 年，第 351 頁。

茫。〔註 3〕

可以看出，這體「浣溪沙」分上下闋，且上下闋的後兩句押兩平韻。前引惠洪與李之儀詞的格律就完全符合「浣溪沙」的這一變體。由於惠洪詞和李之儀詞用韻完全相同，就以李之儀詞爲例進行分析：第一首上闋押「霓」、「時」兩平韻；下闋押「巇」、「泥」兩平韻。「霓」屬《廣韻》上平聲十二「齊」韻；「時」屬《廣韻》上平聲七「之」韻；下闋押「巇」、「泥」兩平韻，「巇」屬《廣韻》上平聲五「支」韻，「泥」屬《廣韻》上平聲十二「齊」韻；四韻均屬上平聲完全可以通押。第二首上闋押「盆」、「蚊」兩平韻；下闋押「蹲」、「坤」兩平韻。「盆」屬《廣韻》上平聲二十三「魂」韻，「蚊」屬《廣韻》上平聲二十「文」韻；「蹲」屬《廣韻》上平聲二十三「魂」韻，「坤」屬《廣韻》上平聲二十三「魂」韻；四韻均屬上平聲韻，可以完全通押。

最後，將惠洪的這組「浣溪沙」詞分闋、標點，輯錄如下：

雨中聞端叔敦素飲作此寄之

但見杯中春潑面。不知門外雨翻盆。人間萬事一虻蚊。
正恐卷氈爲鼈飲。何妨跨項作猿蹲。此生隨處有乾坤。

短李貌和髯似棘。王郎耳熱氣如霓。不知今日是何時。
醉鄉城郭無關鑰。世路風波太嶮巇。且看相枕爛如泥。

端叔見和次韻答之

俊詞方覺春照眼。秀句忽驚絲出盆。睡餘兩鬢尚殷蚊。
行樂風軒須痛飲。窮吟空屋笑愁蹲。筆端浩蕩吐乾坤。

落筆新詩敏風雨。捻鬚豪氣劃虹霓。侍兒扶掖醉吟時。
靖節田園尋窈窕。謫仙風味自嶔巇。何如春甕揭黃泥。

再和復答

道鄉是宅扶歸路。法喜爲妻笑鼓盆。蟭螟膽大敢巢蚊。
游戲秋毫鋒際立。卷藏法界眼中蹲。自然函蓋合乾坤。

〔註 3〕陳廷敬等《欽定詞譜》，北京市中國書店 1983 年，第 257 頁。

醉裏兩篇開爛錦。雨前千丈掛彎霓。楊梅櫨橘恰嘗時。自笑此生眞逆旅。人情何處不同巇。禪心且作絮沾泥。

睡起再得和篇

幽夢驚回煙霧帳。清泉起弄雪花盆。風檐斜日一區蚊。淮水雨開縈練淨。鍾山雲卷露龍蹲。癡禪剛道屬乾坤。

綠髮筆端能吐鳳。雪髯胸次尚盤霓。道山歸去定何時。身外聲名徒暴曬。夢中憂患自臨巇。烏鞋長恨涴塵泥。

復次韻

句健未須纏法律。飲豪那暇較瓶盆。疾雷破柱一聲蚊。吟狂不覺跨驢穩。醉臥都忘對虎蹲。箇中別是一乾坤。

八篇俊逸狂時語。五色光芒雨後霓。清吟要不負明時。嗟我拙詞傷弄巧。愛君難韻解平巇。且歌滑路雨成泥。

晚歸自西崦復得再和二首

人歸西崦步翠麓。月出東峰湧玉盆。詩如琥珀妙藏蚊。摩頭長詠笑自語。劃席冥搜臥復蹲。筆端三昧撼乾坤。

眾□俯看旋磨蟻。忠義平生貫日霓。也知用舍各由時。口處山川非設險。笑中陷阱卻藏巇。此時擬議轢中泥。

世事回頭驚破甑。年華脫手墮空盆。機鋒火聚不容蚊。□□未欲乘風去。捫風閑爲抱膝蹲。掌中訶子是乾坤。

□寨詞鋒盤屈劍。吸川酒膽倒垂霓。脫巾露頂笑狂時。任意清閒飢得食。關心名利醉登巇。濁流心念以澄泥。

葉夢得詞簡論

葉夢得（1077～1148），字少蘊，號石林居士，長洲（今江蘇蘇州）人。他是南渡之際一位重要的愛國詞人，上承蘇軾，下啓辛棄疾，在詞史上作出了重要的貢獻。《石林詞》存詞 103 首，從創作數量與質量言，都可列入大家之列。以詞風言，也具有婉約、豪放等多種風格，是一位極有創作個性的詞人。因此，他的詞引起了當代研究者廣泛的關注。近年來，研究葉夢得詞的論文較多，在許多方面都作了較深地開掘。現就我們讀葉夢得詞的感受，再談一點浮淺的看法。

一、詞風的獨特

宋代的關注，談到葉夢得的詞時，就有頗爲剴切的評論。他在《題石林詞》中說：

> 婉麗綽有溫、李之風；晚歲落其華而實之，能於簡淡時出雄傑，合處不減靖節、東坡之妙，豈近世樂府之流哉？

關注說他的詞風由浮靡走向簡淡，從婉約走向雄傑，其淡處有陶淵明之妙，雄曠處有蘇軾詞的風韻。這個評價是相當高的。質諸《石林詞》，卻是符合實際的，是量了尺寸而做的一頂合適的冠冕，而絕非隨意撿起一頂高帽子硬給他頭上戴。

明代的毛晉在《石林詞跋》中也說：

> 《石林詞》一卷，與蘇、柳並傳，綽有林下風，不作

柔語殢人，眞詞家逸品。〔註 1〕

毛晉將他的詞與蘇軾、柳永相提並論，說他的詞有「林下風」，是具有隱逸之情的詞章，並稱之爲逸品。這個評語，也是比較符合實際的。他的詞的確不同凡響。關注、毛晉之評，均爲行家語，豈浪譽哉！

以詞的風格而言，婉約、豪放、淡遠、清曠等諸種風格，檢《石林詞》，都可找到典型的例證，這說明他在詞的創作上，已經相當成熟，並取得了突出的成就。而他在十八歲時寫的那首《賀新郎》詞，就很值得我們特別的關注。

睡起啼鶯語，掩青苔、房櫳向晚，亂紅無數。吹盡殘花無人見，惟有垂楊自舞。漸暖靄、初回輕暑。寶扇重尋明月影，暗塵侵、尚有乘鸞女。驚舊恨、遽如許。　江南夢斷橫江渚。浪黏天，葡萄漲綠，半空煙雨。無限樓前滄波意，誰采蘋花寄取。但悵望，蘭舟容與，萬里雲帆何時到，送孤鴻、目斷千山阻。誰爲我，唱金縷。

這是一首閨情詞。按傳統的寫法，必然是婉約詞，然它卻與一般的婉約詞迥異其趣。詞的上闋寫幽情幽境，是婉約詞的做派，寫得曲折、纏綿、婉約、細膩，表現出典型的纖麗之美。下闋卻多有宏大之景：諸如黏天之浪、萬里雲帆、千山阻隔，詞的境界頗爲壯闊。氣勢也顯得特別雄大。字裏行間，滲透了豪逸之氣。就其風格與意境而言，此詞既有纖麗、婉約的一面，又有雄渾壯闊的一面。唐圭璋謂其「纖麗而豪逸」〔註 2〕，洵爲的評。從風格上講，婉約與豪放是兩種相反的極端，它在同一首詞中出現，是很難想像的，更談不到渾融。葉夢得這首詞，卻將婉約與豪放渾然一體，了無扞格，在宋詞中可謂別具一格：它細膩而不纖巧，俊逸而不粗豪，這在宋詞中可以說是獨有的，它給人以新異之感。我們讀宋人詞集，在豪放派詞人的詞集中，一般都有一半以上的婉約詞。這是因爲婉約詞的創作在很長時間內都是主流，豪放派詞人在詞的創作上雖然突破

〔註 1〕 孫克強：《唐宋人詞話》，第 428 頁，河南文藝出版社，1999。
〔註 2〕 唐圭璋：《唐宋詞簡釋》，第 141 頁，上海古籍出版社，1981。

了這一傳統。但他寫起婉約詞來，還是得心應手的。此爲創作慣性在創作過程中頑強的表現，如辛棄疾、陳亮等都是。而婉約詞人的詞集，也可能偶有幾首豪放詞，則是因爲客觀形勢之變化，引起詞人感情的變化，從而寫出數首豪放詞來，如姜夔、史達祖等人即是。而這數首豪放詞的出現，則是客觀現實對創作的特殊制約，作爲文學的詞，畢竟是現實生活的反映。但在同一首詞中，既有婉約詞之細膩柔軟，又兼具豪放詞之壯闊曠放，這卻是罕見的。這首詞的特異與成功之處，在於兩種風格兼融的渾然與圓美。它具有開創性，且在藝術上達到了高度的完美。

談到詞的風格，《虞美人》也頗具典型性：

> 落花已作風前舞，又送黃昏雨。曉來庭院半殘紅，惟有遊絲千丈、罥晴空。　　殷勤花下同攜手，更盡杯中酒。美人不用斂蛾眉，我亦多情無奈、酒闌時。

此詞詞題爲《雨後同幹譽、才卿置酒來禽花下作》。這是一首寫惜春傷春感情的詞，是婉約詞中常見的題材。這類題材詞家容易寫得感傷哀婉，情緒低沉，甚至淒咽。詞人以反往常的這種做法，卻採用健筆寫柔情，因而詞風開闊健朗。上闋寫落花，落花對花來說是被動的，是無可奈何的。詞人卻以落花爲主，變被動爲主動。請看：飄飄而下的落花，不僅在風前自舞，而且送走了黃昏雨，她是那麼主動，又是那麼瀟灑、從容，悠然自得，是那樣能主宰自己的命運。早上本來是半地落花，情景淒涼，寫來未免感情低沉，情緒索漠。詞人卻寫了遊絲千丈高掛，「千丈罥晴空」寫得多有氣勢，低沉的情緒也爲之一掃，變爲高揚。上闋寫落花，寫時光流逝，雖隱寓悵惘之情，卻寫得含蓄而隱蔽。下闋寫邀約友人前來花下飲酒聽歌，既有莫負春光及時行樂之意，又何嘗不是爲花餞別，給花送葬。與友人花下携手，殷殷勸酒，既有表現借酒澆愁「舉杯消愁愁更愁」之憂愁，又有「也無風雨也無晴」之曠達。這種情緒，也自然影響到唱歌侑觴的美人。詞人卻勸美人不必愁眉不展，謂我亦是多情之人，何嘗不是很感傷的，然卻能自持。詞人惜時惜別之情躍然紙上。

此詞上闋寫花主動，下闋則寫詞人我之主動。詞人以健筆寫柔情，以豪情寫悲感，於情緒低沉處見高朗，於感傷中見曠達。其惜別之情不僅沒有減弱，反而更深沉、更沉鬱。沈際飛云：「下場頭話偏自生情生姿，顛播妙耳。」〔註3〕結尾二句，寫得最爲婉轉深刻，曲折有味。

《賀新郎》與《虞美人》這兩首詞，表現出葉夢得詞風的獨特與創新。前者能將婉約與豪放之情寫得渾然一體；後者則以健筆寫柔情，使其柔中有骨，柔中寓剛。這兩首詞，不僅在表情達意上能更深一層，而且在風格上各具風采，別具一格。這不能不使人佩服詞人寫詞藝術之醇熟，令人拍案叫絕。

二、主體的張揚

詞貴含蓄蘊藉，主體一般都比較隱蔽，故多委婉之致。葉夢得詞跟一般詞人的詞比較，主體則顯得有些張揚。他的詞主體張揚的突出表現之一，是在對一些動詞的多次運用上，譬如「笑」與「狂」這兩個字在詞中出現的頻率就較高，突現了主體頗爲張揚的態勢。現就這兩個字在其詞中運用情況的分析，看葉夢得詞主體張揚的特色。

首先，喜用笑字。

笑，表示喜悅高興，也有嘲笑譏諷或輕蔑之意。凡含有笑字的詞句，感情表現的趨向是明朗的。作爲以含蓄委婉爲其基本藝術特徵的詞，用笑字是極少的。葉夢得詞今存 103 首，「笑」字一共有 31 個。平均每 10 首詞，就至少有 3 個笑字。我們在宋詞集中，很難找到笑字數量這麼多、密度這麼大的詞家。只有辛棄疾是個例外，他今存詞 629 首，共用了 184 個笑字。〔註4〕儘管辛棄疾詞中

〔註3〕《草堂詩餘正集》，唐圭璋《宋詞三百首箋注》，第 120 頁，上海古籍出版社，1979。

〔註4〕林淑華：《辛棄疾全詞索引及校勘》，第 1076-1080 頁，北京圖書館

笑字的絕對數字，遠遠超越了葉夢得詞，但因詞的數量多，笑字出現的頻率卻仍低於葉夢得詞。就絕對數字與分布的密度而言，笑字之多，是葉夢得詞很顯著的一個特點。

他用笑字，表現談笑風生，感情豁達。笑是政治家的自信，並由此而產生的一種豪情，一種特殊的器度，表現出自己具有一種非凡的才能。例如：

1、誰似東山老，談笑靜胡沙。(《水調歌頭》「秋色漸將晚」)

2、鼓吹風高，畫船遙想，一笑吞窮發。(《念奴嬌》「雲峯橫起」)

3、縹緲危亭，笑談獨在千峯上。(《點絳唇·紹興乙卯登絕頂小亭》)

4、青霄元有路，一笑倚瓊樓。(《臨江仙·乙卯八月九日，南山絕頂作臺新成，與客賞月作》)

以上四個例句，都很能表現葉夢得不凡的政治器度。例 1 表明：在金人大兵壓境、議和派甚囂塵上的時候，他表明自己蔑視強敵、力主抗戰的態度，企盼歷史上謝安這樣的風雲人物再次出現。東晉政治家謝安，在著名的淝水之戰時，面對強敵壓境，從容應對「投鞭飛渡」之敵人，指揮若定，表現出超絕一代的風流文采。詞人直以謝安自任與自期。例 2 表明：在風高浪大之時，他卻「一笑吞窮發」，表現了氣吞強虜的不凡氣概。例 3 表明：詞人坐在千峰之巔的危亭上，居高臨下，俯視寰宇，表現出一種卑視世俗的姿態。其笑談之內容，則不言而喻了。例 4 表明：「青霄元有路」，眞是石破天驚！詞人是在經歷山窮水盡的逆境之後，終於出現了「柳暗花明又一村」的開朗境界，有絕路逢生之喜悅。

在其詞中，還多次用「一笑」，如「獨倚高臺一笑」(《水調歌頭·濠州觀魚臺作》，「瀲灩湖光供一笑」(《臨江仙·次韻洪思誠席上》)，如此等等，自得與喜悅之情概見。這是從容與大度的政治家胸懷與器

出版社，1978。

度的自然表露。

在我國古代詩人中，有些人在詩中喜歡用「一笑」，表現其特有的感情。如黃庭堅「出門一笑大江横」（《王充道送水仙花五十枝欣然會心爲之作詠》）〔註 5〕，「投荒萬死鬢毛斑，生出瞿塘灩澦關。未到江南先一笑，岳陽樓上對君山。」（《雨中登岳樓望君山二首》之一）〔註 6〕表現了他身處逆境時性格的倔強與心情的苦澀。黃景仁詩題則往往用「一笑」，表現他感情的曠達與無奈。葉夢得詞中多次用了「一笑」，表現其心態的曠放、喜悅與自豪，這與他性格的狂傲與自足高度一致。比起黃庭堅與黃景仁來，其用「一笑」並無負面的情緒，而是充分表現了詞人的自足與自信。他總是自視甚高，遠脫卑俗，大有旋轉乾坤、氣呑狂虜的氣概，這在國弱民貧敵強我弱的情勢下，是何其寶貴。

笑有嘲笑譏笑之意，他在對一些事物的嘲笑與譏笑中，彰現其傑出的本領。笑表現了內心的充實、性格的豪爽、率直，情緒的高漲，直有「飲酣視八極，俗物都茫茫」之概。而其品德之高潔、胸懷之磊落與高曠，都在不言中。譬如：

1、堪笑磻溪遺老，白首直鉤溪畔，歲晚忽衰翁。功業竟安在，徒自兆非熊。（《水調歌頭・濠州觀魚臺作》）

2、歲將晚，客爭笑，問衰翁。平生豪氣安在，沈領爲誰雄。（《水調歌頭・九月望日，與客習射西園，余偶病不能射》）

3、獨醒爭笑楚人魂。（《浣溪沙・用前韻再答幼安》）

4、自笑天涯無定準，飄然到處遲留。（《臨江仙・熙春臺與王取道、賀方回、曾公袞會別》）

這些笑字，都彰現著他獨特的個性。例 1 表明：嘲笑姜尙未遇時，其治國之才無以自展。借以自喻與自嘲，表現其經國大志不得實現的牢騷。例 2 表明：借客人的爭笑，表明自己豪氣未除，感慨身世，

〔註 5〕 陳永正：《黃庭堅詩選》，第 211 頁，廣東人民出版社，1984。
〔註 6〕 陳永正：《黃庭堅詩選》，第 220 頁，廣東人民出版社，1984。

悼惜流年。並以當時的驍將岳德作反襯，寫自己年老體衰，無由報效國家的悲憤。例 3 表明：詞人以獨醒者自居，譏笑那些與世和光共塵的人。例 4 表明：詞人自笑自嘲。雖然身懷絕技，卻無以施展，而到處遲留。在這些笑字裏面，蘊含著詞人的自信。或譏抨，或反諷，用以表現壯志不能伸展的悲憤。從另一個角度，張揚個性，透露出主體的勃勃英氣。

其次，愛用狂字。

與喜歡用笑字相聯繫，他還愛用狂字，用以表現他的桀傲與不屈。譬如：

1、聊相待，狂歌醉舞，雖老未忘情。(《滿庭芳・張敏叔、程致道和示，復用韻寄酬》)

2、老去狂歌君勿笑，已拼雙鬢成秋。會須擊節泝中流。(《臨江仙・詔芳亭贈坐客》)

3、一杯起舞，曲終須寄，狂歌重倚。(《水龍吟・八月十三日，與強少逸遊道場山，放舟中流，命工吹笛舟尾迎月歸作》)

4、痛飲狂歌，百計強留，風光無奈春歸。(《雨中花慢・寒食前一日小雨，牡丹已將開，與客置酒坐中戲作》)

詞人愛用「狂歌」而往往又伴一「醉」字，表現出一時情緒的激憤與高漲。我們仔細體味，詞人一生報國之事業無成，功業未就，由此而產生了強烈的不滿與無奈。如例 2 就有著中流擊楫的企盼，「狂歌」表現其功業暫未成就，卻有著仍不服輸的精神。「會須擊節泝中流」，大有「會須雄筆捲蒼茫」(《臨江仙・雪後寄周十》)、「一笑吞窮發」(《念奴嬌》「雲峯橫起」) 之概。他堅信，事業終會成就。又如：

1、老去狂猶在，應未笑衰翁。(《水調歌頭・癸丑中秋》)

2、應笑今年狂太守，能痛飲，似當時。(《江城子》「碧潭浮影蘸紅旗」)

3、狂酲已醒，不似舊時長酩酊。(《減字木蘭花》「黃花漸老」)

4、多情斷了，爲花狂惱，故飄萬點霏微。(《雨中花慢·寒食前一日小雨，牡丹已將開，與客置酒坐中戲作》)

這些狂字，充分地表現了詞人感情的強烈與外化，從而使主體精神得到充分的展現。葉夢得在詞中這種自我張揚的表現，透露出他強烈的事業心與責任感，表現了強烈的愛國精神。所有這一切，對辛棄疾的詞有很大的影響。辛棄疾詞中主體的張揚，是因爲他始終懷有恢復中原的雄心壯志，想要「了卻君王天下事，贏得生前身後名」(《破陣子·爲陳同甫賦壯詞以寄之》)〔註 7〕但也與學習與繼承葉夢得這類詞有極大的關係。

縱觀葉夢得的一生，他對國家民族命運的無限關注，是其以一貫之的思想情緒。爲國家民族之興旺發達而獻身的精神，是封建社會中國士大夫的一種高尚品德。這種精神，在葉夢得身上得到了最充分地體現。在靖康之難以後，金人佔據了中原，並向淮河流域推進，一期消滅大宋帝國，佔領江南。在這危難之際，葉夢得挺身而出，爲抗擊金國保衛江南而努力。他的「狂」與「笑」，表現了他在逆流中，大義凜然，保持著獨立特行的品格。反對投降，反對妥協，堅持與敵人鬥爭到底。他的品格與作爲，在當時確是鶴立雞群的了。

三、情緒的高昂

在葉夢得詞集中，除了極少的幾首婉約詞外，都是豪放詞。他喜歡用《水調歌頭》、《八聲甘州》、《滿江紅》、《念奴嬌》、《定風波》等適於表現豪放感情的詞調，抒寫其曠放之情，表現出縱越不羈的性格。他常以浪漫的情調，誇張的語言，表現其頗爲浪漫的情思。因此，詞的感情強烈，氣勢頗爲豪壯，打破了詞體文小、質鬆、徑狹、境隱的特點，展示出詞人高昂的情緒。這種情緒，是悲劇時代的產物。詞人感情噴發，個性張揚，情緒悲壯慷慨，讀之令人振奮，直有起懦回

〔註 7〕 辛棄疾：《稼軒長短句》，第 97 頁，上海人民出版社，1975。

怯之效。其情緒的表現，有以下幾個特點：

首先，景象壯闊，寫出了雄渾蒼涼的境界：

渺渺楚天闊，秋水去無窮。兩淮不辨牛馬，輕浪舞回風。（《水調歌頭・濠州觀魚臺作》）

河漢下平野，香霧捲西風。倚空千嶂橫起，銀闕正當中。（《水調歌頭・癸丑中秋》）

洞庭波冷，望冰輪初轉，滄海沈沈。萬頃孤光雲陣捲，長笛吹破層陰。洶湧三江，銀濤無際，遙帶五湖深。（《念奴嬌・中秋宴客，有懷壬午歲吳江長橋》）

倒捲回潮目盡處，秋水黏天無壁。（《念奴嬌》「雲峯橫起」）

如此等等，詞人筆下的景象都十分壯闊，而其境界雄渾蒼涼，不同凡響。

其次，感情豪邁，一洗靡靡之音。譬如：

起瞰高城回望，寥落關河千里，一醉與君同。疊鼓鬧清曉，飛騎引雕弓。（《水調歌頭・九月望日，與客習射西園，余偶病不能射》）

坐看驕兵南渡，沸浪駭奔鯨。轉盼東流水，一顧功成。（《八聲甘州・壽陽樓八公山作》）

問騏驥，空矯首，為誰昂。冥鴻天際，塵事分付一輕芒。（《水調歌頭・次韻叔父寺丞林德祖和休官詠懷》）

詞人感情是豪邁的、樂觀的，既有著成功的希冀，又有必勝的信心與把握。情緒高昂，一洗低沉的靡靡之音，讀之令人振奮。

第三，詞人斥天揮月，逸興遄飛。

付與孤光千里，不遣微雲點綴，為我洗長空。（《水調歌頭・癸丑中秋》）

聞道安車來過我，百花未敢飄零。（《臨江仙・席上次韻韓文若》）

老子興來殊不淺。簾捲。更邀明月坐胡牀。（《定風波》「渺渺空波下夕陽」）

卻怪姮娥眞好事。須記。探支明月作中秋。(《定風波‧七月望，趙倅置酒，與魯卿同泛舟登駱駝橋待月》)

醉倒清尊，姮娥應笑，猶有向來心。廣寒宮殿，爲予聊借瓊林。(《念奴嬌‧中秋宴客，有懷壬午歲吳江長橋》)

詞人興致勃勃，逸情滿懷。請看：明月不僅可邀，還可「探支」；廣寒宮殿，更肯「聊借瓊林」。詞人情緒高昂，氣概恢宏，毋庸憑借，無所顧忌，斥天揮月，爲所欲爲：明月「爲我洗長空」、「百花未敢飄零」。他們都俯首帖耳，任我所用。直是「雄筆捲蒼茫」，將詞人高揚的主觀情緒，表現得淋漓盡致的了。

附：給《文教資料》編輯的一封信

編輯同志：

你好？

近讀貴刊刊載的萬賀賓《葉夢得〈臨江仙〉詞簡論》(《文教資料》2009 年 6 月下旬刊《古代文藝研究》)，頗受教益，但也不乏商榷之處。

第一，賀文云：「另外在句法上，葉夢得也略有改變，傳統的《臨江仙》詞都是 60 字，10 標點句。而在《與客湖上飲歸》中詞人卻有 58 字，把最後兩句的五五句變成了四五句，這也是詞人的一個創新之處。」(第 29 頁)

這段話與《臨江仙》詞調實際不符，且語病頗多。

一、58 字的《臨江仙》詞就是創新嗎？萬樹《詞律》卷八，刊舉《臨江仙》詞牌體式達 14 種，就字數而言，就有 54、56、58、60、62、74、93 之別；僅 58 字者，就有 7 種體式。葉夢得的《臨江仙‧與客湖上歸飲》，並未越出這 7 種體式之外，而是與柳永的《臨江仙》「鳴珂碎撼都門曉」屬同一體式。柳永在葉夢得前，要說創新，該是柳永，而非葉夢得。謝映先先生也說：《臨江仙》「雙調、前後片各三平韻，有五十四字、五十六字、五十八字至六十二字及六十四字、七十四字多體。」（《中華詞律》第 88 頁）並舉 13 種體式。可見萬賀賓說葉夢得《臨江仙》58 字是創新，顯然是缺乏根據的。

二《全宋詞・石林詞》據紫芝漫抄本錄入。葉夢得這首《臨江仙》上闋最後兩句爲「微雲吹散，涼月墮平波」。下闋最後兩句爲「小軒欹枕，檐影掛星河」。檢毛晉《宋六十家詞・石林詞》，這首《臨江仙》上闋最後兩句爲「微雲吹盡散，涼月墮平波」。下闋最後兩句爲「小軒欹枕簟，檐影掛星河」，成 60 字。葉夢得詞的原文究爲 58 字還是 60 字，我們不得而知。觀葉夢得《石林詞》，其餘 18 首《臨江仙》詞，均爲 60 字，此詞原文也很有可能就是 60 字。58 字本，或爲後人所刪字。

三、「把最後的五五句變成了四五句」表達欠準確。在「把」字後應加「上下闋」字。「傳統的《臨江仙》都是 60 字，10 標點句」，表述不準確，行文不規範。「10 標點句」顯非說詞之通用語。

第二，「如晏殊《臨江仙》中『落化人獨立，微雨燕雙飛』就是直接從五代翁宏《春殘》詩……化用過來。」

這段話有兩處明顯的不妥：

一、化用翁宏詩句的是晏殊的幼子晏幾道，而非晏殊，這裏顯然是「子冠父戴」了。

二、此處是「借用」而非「化用」。

以上所言妥否？請賜教。

即頌

編祺！

房日晰

2010.2.1

朱敦儒三論

朱敦儒是值得我們研究的。他對詞卓越的創造，他在詞史上崇高的地位，他迷離的生平，都必須深入考察。本文就其隱居、政治才能以及詞的語言特色，談一點粗淺的看法。

一、朱敦儒的隱居

朱敦儒一生隱居時間是比較長的；就是在出仕期間，也常有隱逸之思；其詞集《樵歌》，意謂隱於樵者之歌，其詞凝聚著濃鬱的歸隱情緒。他的一生，每每是以隱士自矜自炫的。

朱敦儒的隱居，有前後兩個時期：前期的隱居是從宣和末到高宗紹興三年，約爲十年時間；後期的隱居是由六十九歲致仕到七十九歲去世，也是十年。他前後兩次隱居的時間大體相同，但其隱居的動機與目的，卻是迥然有別的。前期的隱居起因蓋爲避亂，但很大程度上是沽名釣譽，是想等待時機，以求東山再起；後者則因議和派的攻訐逼迫致仕，又因年老難有作爲，雖偶有不滿情緒，然總的傾向則表現爲閑逸恬適的情態。因此，他前後兩次隱居，其思想感情很不相同，而詞的格調，也有較大的差別。

朱敦儒的前期隱居，蓋因宣和末六賊亂政致使生靈塗炭，國將不國，他遂急流勇退，避禍遠害，走獨善其身的道路，以回避隨時可能出現的巨大的政治風浪。欽宗登基後，任以學官，辭不就。《宋史・文苑傳》云：「靖康中召至京師，將處以學官，敦儒辭曰：『麋鹿之性，自樂閑曠，爵祿非所願也。』固辭還山。」〔註 1〕時作《鷓鴣天》以明其志：

> 我是清都山水郎，天教懶慢帶疏狂。曾批給露支風敕，累奏留雲借月章。　　詩萬首，醉千場，幾曾著眼看侯王。玉樓金闕慵歸去，且插梅花醉洛陽。

他自視甚高，竟以天仙自許。詞裏洋溢著笑傲王侯、狂放不羈的情態，並將其超脫凡俗、超塵出世之思表現得淋漓盡致。他果眞要遠離塵世、不食人間烟火嗎？否，他要是眞的看破紅塵，甘願出世，連詞也可以不寫。他之所以要寫此詞，實則是有意作秀，是表演給世人看的，特別是給最高統治階級看的。細品此詞，其自矜自炫之意儼然。的確，他看不起世間那些庸碌之輩與利祿之徒，看不起那些爲蠅頭微利或爲芝麻小官在仕途奔競的人。然他想做大官，想幹一番大事業，想爲國家民族作出突出的貢獻。因此，以隱爲由，以屈求伸，以退謀進，希望一舉成名，幹一番轟轟烈烈的事業。他早期的隱退，其實是想走「終南捷徑」，企圖一舉謀取高官的位置。

詞云「且插梅花醉洛陽」，詩人無疑是想等待時機以求一逞的。然時局的迅速變幻，卻遠非詞人所能料：先有金人的大兵壓境，徽宗倉皇禪位；繼有靖康之難，北宋遂亡。康王雖於南京登基，而金人對其窮追不捨。等到時局稍有轉機、政局暫時穩定時，一晃就是十年，詩人已屆五十三歲了。壯歲飄零，暮年旋至，此時此刻，若再從容選擇，還要「吾將上下而求索」，時不我予，恐怕沒有多少時間了，只好出山從政。他隱居的結果是捷徑未達而歲月蹉跎，不可稍有拖延了。他爲形勢所迫，匆忙出山，重新走上仕途，他借隱居以求高官的心願落空了。至少可以說，詩人的這次隱居，並沒有達到自己預期的目的。

紹興十九年，詔許朱敦儒守本官致仕，他不久便離開臨海，歸隱

〔註 1〕 鄧子勉校注：《樵歌》，第 526 頁，上海古籍出版社，1998。

嘉興岩壑，一直到紹興二十九年去世，其中於紹興二十五年，秦檜強起，爲鴻臚少卿二十餘日。秦檜死，遂去官。這十年時間，跟前期隱居大不相同。這時，他已無再起之念，企圖長期隱居山林，過一種極爲恬適的生活，度過晚年。如《朝中措》所云：

先生筇杖是生涯，挑月更擔花。把住都無憎愛，放行總是烟霞。　　飄然攜去，旗亭問酒，蕭寺尋茶。恰似黃鸝無定，不知飛到誰家。

他這種恬淡閑適的心情、與世無爭的心理在後期隱居生活中，表現得十分突出，如：「老來窮健，無悶也無歡。隨分飢餐困睡，渾忘了、秋熱春寒」（《滿庭芳》「鵬海風波」）；「兩頓家餐三覺睡。閉著門兒，不管人間事」（《蘇幕遮》「瘦仙人」）；「我自闔門睡，高枕笑浮生」（《水調歌頭》「中秋一輪月」）。他參透了世事和人生，心裏是那麼恬適、淡泊、平和，外界的事物激不起他心中一點漣漪，簡直沒有喜怒哀樂，更談不上有爭名於朝、爭利於市的奔競之心了。這種生活滿足、恬然自適、與世無爭的心理態度，在後期隱居時期的詞中隨處可見：

雲薦枕，月鋪氈，無朝無夜任橫眠。（《鷓鴣天》「不繫虛舟取性顛」）

尋汗漫，聽潺湲。澹然心寄水雲閒。無人共酌松黃酒，時有飛仙暗往還。（《鷓鴣天》「竹粉吹香杏子丹」）

怎似我、心閒便清涼，無南北。（《滿江紅・大熱卧疾，浸石種蒲，強作涼想》）

他遠離塵世，超然物外，儼然是一位出世高人了。這種忘世的情懷、淡泊的思想在他詞中的表現是很突出的，也是非常充分的。在他的詞裏，有時也有頹唐情緒的表露：「如今但欲關門睡，一任梅花作雪飛」（《鷓鴣天》「曾爲梅花醉不歸」），其平靜無波的心裏，有時也會被「一石擊起千重浪」，畢竟人間並非世外桃源。「寂寞歸來隱几，夢聽帝樂沖融」（《木蘭花慢》「折芙蓉弄水」），可見他心靈深處，並非是完全淡泊的，有所作爲的內心情緒，偶爾還會翻騰的，並非是像一潭死水那樣永久的平靜。

在後期隱居期間，心情並不都是很平靜的，有時也有激憤，有牢騷。這種情緒有時表現得很隱蔽，有時表現得很直露。如《憶帝京》：

> 元來老子曾垂教，挫銳和光爲妙。因甚不聽他，強要爭工巧。只爲忒惺惺，惹盡閑煩惱。　　你但莫多愁早老，你但且不分不曉。第一隨風便倒拖，第二君言亦大好。管取沒人嫌，便總道，先生俏。

這是對世故圓滑、和光共塵者的絕妙畫像，是對南宋朝野是非不分、黑白顛倒、逢迎討巧、圓滑奸僞之風的辛辣諷刺。由此可見，他並非一味的超塵恬適。

朱敦儒在晚年隱居期間，由於年事過高以及對朝政的諸多不滿，他是無意參政的。然由於性格軟弱，不敢得罪秦檜而復起。雖然出山時間很短，但關係個人名節，爲此朝野嘩然，甚而有人寫詞嘲諷他，這是對他一次較大的打擊。因此，他情緒十分激憤，遂賦《念奴嬌》以見志：

> 老來可喜，是歷徧人間，諳知物外。看透虛空，將恨海愁山，一時挼碎。免被花迷，不爲酒困，到處惺惺地。飽來覓睡，睡起逢場作戲。　　休說古往今來，乃翁心裏，沒許多般事，也不修仙不佞佛，不學棲棲孔子。懶共賢爭，從教他笑，如此只如此。雜劇打了，戲衫脫與獃底。

看破紅塵，逢場作戲，表現出一種無可無不可的處世態度。實則正話反說，飽含著憤激之情，是對被人強落致仕而橫遭物議的嚴正抗議，悔恨、不滿、憤激之情溢於言表。

總的來說，朱敦儒一生對功名利祿是比較淡泊的，因而他的隱居也是順理成章的。其前期隱居雖有再起之念，但也不無功成身退之思。後期隱居，因身經政治風波，加上年事已高，對功名利祿早已是超然物外了。至於致仕並因此引起的風波，則因權臣操縱而身不由己了。

二、朱敦儒的奇才

朱敦儒在辭官隱居期間，得到了許多人的揄揚與推薦。高宗即位，詔舉草澤才德之士，淮西部使者言敦儒有文武才；紹興二年，宣諭史明橐言敦儒「深達治體，有經世才」〔註 2〕，對其政治才能頗爲贊賞和推崇。他自己也以有「奇才」、能「奇謀報國」自許：

> 回首妖氛未掃，問人間英雄何處。奇謀報國，可憐無用，塵昏白羽。鐵索橫江，錦帆衝浪，孫郎良苦。但愁敲桂櫂，悲吟梁父，淚流如雨。(《水龍吟》「放船千里凌波去」)

> 有奇才，無用處。壯節飄零，受盡人間苦。欲指虛無問征路。回首風雲，未忍辭明主。(《蘇幕遮》「酒台空」)

前者，詞人「悲吟梁父」，擬諸葛之志，雖具有「奇謀報國」之心，然不得其用，未能施展政治才華，由此慷慨悲歌，涕淚橫飛；後者，詞人直陳「有奇才，無用處」，雖欲隱居，而又想報國。詞人欲將其「奇謀」、「奇才」，獻身報國，其心耿耿。

《念奴嬌・梅次趙仙源韻》亦云：

> 且與管領春回，孤標怎肯接，雄蜂雌蝶。豈是無情，知受了多少淒涼風月。寄驛人遙，和羹心在，忍使芳塵歇。東風寂寞，可人誰爲攀折。

詞人雖有「和羹心在」，有意調鼎，而「寄驛人遙」，怎能展其和羹之志，調鼎之才？

無論從當時的政界輿論來看，抑或是從詞人自嘆不遇來說，似乎朱敦儒確有經邦之志與濟世之才。事實果眞如此嗎？恐怕未必。因爲他的所謂「奇謀」與「奇才」，一生中並未表現出來。

朱敦儒是以「奇才」與「奇謀」自許的。所謂「奇」，當是出其常格，行事譎詭，有一鳴驚人、力挽狂瀾之舉。那麼，從機遇說，在建炎與紹興初年，就應積極出山，施展政治才華的。因爲當時高宗朝政未穩：一方面是金人大舉南侵，對高宗窮追不捨，企圖一舉

〔註 2〕 鄧子勉校注：《樵歌》，第 526 頁，上海古籍出版社，1998。

消滅宋國；另一方面，有老百姓的熱烈擁護與愛國志士的奮起，他們誓死保衛大宋江山。在這宋金決戰的關鍵時刻，是急需人才的，特別是需要有能力力挽狂瀾的人才來匡世。這對朱敦儒個人來說，恰是脫穎而出、大顯身手、力爭不次擢用攀登卿相高位的極好機會，且先後有人鼎薦，這是千載難逢的機遇，按說就應順水推舟，乘勢而起，用其奇才，獻其奇謀，力挽狂瀾，建不世之功，以展其「奇謀報國」之志。然他卻一再拒絕朝廷的徵召，繼續南逃，其目的何在？是他錯誤地估計了形勢呢？還是攀身份以圖重用？抑或是等待更好的機遇或其他？機遇的正確把握，能成全一個人大志的實現，他為何輕輕地放棄了這一千載難逢的機遇呢？客觀事實證明，他對這次機遇的放棄，不能不說是智者的「千慮之一失」。他如果壓根兒不出仕，一生當隱士，則另當別論。然他後半生一直做官，那麼，作為進入仕途的極好時機——建炎初年的機遇之失，實在是很可惜的。從他對入仕的機遇的把握上看，他表現得極為不智。可見，他缺少「奇才」或竟是根本沒有「奇才」。總之，在國家最危難的時期，也是最需要奇才力挽狂瀾的時候，他沒有挺身而出，為國盡力。從個人前途來說，也錯過了可能大展宏圖的最好時機。等到紹興三年他出仕時，國家大局基本穩定。經過幾番激烈的較量，宋金兩國都無力征服對方，遂有南北議和。朱敦儒徘徊蹉跎，終於失去了從政的最好良機，試問「奇謀」何在？「奇謀報國」之志何時實現？「奇才」何以施展？由此可見，他的「奇才」，他的「奇謀報國」，只是紙上談兵，他的「奇才」與「奇謀報國」是要打很大折扣的，我們不能對此太當眞。他有愛國感情，這是毋庸置疑的，但卻很難說他有多高的政治才能，也看不出他有力挽狂瀾的本領。質言之，他的「奇才」與「奇謀報國」是詞人的語言，是書生的豪言壯語，並非他眞有留侯之智、謝安之才。

「奇才」與「奇謀報國」並不都是在特定的環境中才能施展的，只要眞有「奇才」與「奇謀」，就是在平常環境，也會顯露頭角，脫穎而出。朱敦儒於紹興三年第二次出仕，歷官左承奉郎、都官員外郎、江南東路置制大使司議參軍，兩浙東路提點刑獄公事等，在任十六年，未見有什麼過人的功績，「奇才」、「奇謀」也未能施展或被上級發現，總之，未顯出頭角崢嶸之態，則其政治才能平平是顯而易見的。明槖稱其「深達治體，有經世才」，淮西部使者以爲「有文武才」，或是推薦者的套語，爲了推薦效應，隨意撿起的話頭，讓皇帝聽。是否果眞如此，是不能深究的。總之，推薦者將其才能過分誇大了，實際則是靠不住的，是經不起實踐檢驗的。《念奴嬌・梅次趙仙源韻》，一面說自己欲隱退，一面卻又說「和羹心在」，他不是眞的想隱退，而是仕途不得意，發牢騷。《蘇武慢》云：「除奉天威，掃平狂虜，整頓乾坤都了，共赤松攜手，重期明月，再遊蓬島。」是欲功成身退的。然其整頓乾坤之志、「和羹之才」，只是自許如此，是極良好的自我感覺罷了，怎能把它當眞呢？

朱敦儒是一位志大才疏在士人中頗有令名的人。這名實的不符，與他自己早年不斷的自我炒作有極大的關係。他早年的笑傲王侯、歸隱不仕，他在南渡後一再拒絕朝廷徵召，節操儼然，盛譽空前，令名昭彰。他的不仕，實際上是攀身份，是一種頗爲巧妙的自我炒作。如果說他有「奇才」、「奇謀」，他不懈地精心憚慮地自我炒作，算是最爲突出的表現吧。

三、朱敦儒的俗詞

北宋詞尚雅，晏殊、歐陽修、張先、晏幾道、蘇軾、周邦彥等名家，都努力追求雅詞。他們極力使詞適應文人雅士的審美情趣，從而使雅詞成爲詞作的主流，然與雅詞並行而非詞壇主流卻仍有一定影響力的是一股尚俗思潮：它以俚俗的語言反映世俗生活，詞的情趣與境界雖然不高，但仍有很強的藝術生命力。這種俗詞在下層人民中，特別是在市民中間有著廣闊的市場。從較多的文人主要寫雅詞、同時又寫了一定數量的俗詞來看，俗詞在詞壇上仍有一定的地位和影響。「浪子詞人」柳永詞雅俗參半：他既有「針線慵拈伴伊坐」的俗語表現世俗情愛，也有被蘇軾等人稱贊的「霜風淒緊，關河冷落、殘照當樓」所謂「不減唐人高處」〔註 3〕的雅詞。柳詞的俗包含著表現生活情趣的卑陋與運用語言的俚俗，惟其如此，才受到市民的特別歡迎，以致「凡有井水飲處，即能歌柳詞」〔註 4〕。繼柳永之後，秦觀、黃庭堅等詞家，都寫了許多俗詞。秦觀的俗詞有《促拍滿路花》、《滿園花》、《迎春樂》、《一落索》、《浣溪沙》、《調笑令》等十餘首。內容一般都是寫狎妓，語言俚俗、情調不高。如《滿園花》：

一向沉吟久，淚珠盈襟袖。我當初不合苦攛就，慣縱得軟頑，見底心先有。行待癡心守，甚捻著脈子，倒把人來僝僽。　　近日來非常羅皂醜，佛也須眉皺。怎掩得眾人口？待收了孛羅，罷了從來斗。從今後，休道共我，夢見也、不能得勾。

此詞寫男女情愛之糾葛，全部用俗語，而且有許多不大通行的口頭語，如「攛就」、「軟頑」、「羅皂醜」、「僝僽」等。詞中女主人公將其思念對方的情愫，毫無遮飾地赤裸裸地傾吐了出來，詞風接近民間的俗詞俚曲，缺少一般雅詞的蘊藉與含蓄，但卻適合市民的藝術趣味，贏得了特別的喜愛。

黃庭堅的俗詞有《歸田樂引》、《撥棹子》、《鼓笛令》、《漁家傲》等，其俗詞大都是艷詞，如《歸田樂引》：

對景還銷瘦。被個人、把人調戲，我也心兒有。憶我又喚我，見我，嗔我，天甚教人怎生受。　　看承幸廝勾，又是尊前眉峰皺。是人驚怪，冤我忒撋就。拚了又捨了，一定是這回休了，及至相逢又依舊。

黃庭堅的俗詞多是艷詞，當時就受到一些人的非難與指斥。他說：「余少時間作樂府，以使酒玩世，道人法秀獨罪余『以筆墨勸淫，

〔註 3〕 施蟄存、陳如江：《宋元詞話》，第 71 頁，上海書店出版社，1999。
〔註 4〕 施蟄存、陳如江：《宋元詞話》，第 123 頁，上海書店出版社，1999。

於我法中當下犁舌之獄』。」〔註5〕他喜歡用方言土語表現艷情，以至造字、造詞，俗俚之甚，顯得十分土氣，且香艷十足，在語言表達上，不作必要的錘煉、修飾、剪裁，表現出某種程度的原生狀態，這是黃庭堅俗詞的個性特色。他的俗詞，也有寫隱逸情結的。這些寫隱逸情結的俗詞，卻對朱敦儒的俗詞，有著直接的影響。

以雅詞著稱的格律派詞人周邦彥，也寫過俗詞，如《紅窗迥》：

幾日來，眞箇醉。不知道、窗外亂紅，已深半指。花影被風搖碎。擁春酲乍起。　　有箇人人，生得濟楚，來向耳畔，問道今朝醒未。情性兒、慢騰騰地。惱得人又醉。

這首詞全用口語、俗語，寫情態、醉態，淋漓盡致，異常逼肖；而詞的意境深遠，格調很高，誠如詞論家所評：「此亦詞中俳體，而尚饒情趣，迥異柳七、黃九諸闋。」〔註6〕此詞的風致，對朱敦儒影響甚巨。

朱敦儒的詞，不大雕飾，一般通俗易懂，而且朱敦儒有意識地寫了許多俗詞。但他的詞既不同於柳永的媚俗，也不同於秦、黃的土俗，而像周邦彥的意境深遠、尚饒情致的俳體。在內容上，已不再寫世俗的男女之間的艷情，而是著意追求表現田園隱逸的情緒，流溢著對功名利祿的淡泊或鄙棄，似出世高人，表現的是士大夫的高雅情趣；沒有卑俗、生澀之嫌，沒有「詞語塵下」之弊，有著「清水出芙蓉，天然去雕飾」的自然之美。從內容到形式都已趨雅，我們說它是俗詞，只是就語言的通俗本色而言的，他的詞吐言天拔，運筆超絕，卻絲毫沒有蔬笋之氣，沒有雅詞那樣文雅煉飾而已。如《感皇恩》：

一箇小園兒，兩三畝地。花竹隨宜旋裝綴。槿籬茅舍，便有山家風味。等閑池上飲，林間醉。　　都爲自家，胸中無事，風景爭來趁遊戲。稱心如意，賸活人間幾歲。洞天誰道在，塵寰外。

〔註5〕陳良運：《中國歷代詞學論著選》，第45頁，百花洲文藝出版社，1998。

〔註6〕唐圭璋：《詞話叢編》，第2219頁，中華書局，1986。

這是桃花源，是不在塵寰之外的洞天世界，是道家出世思想與超然物外之情的藝術表現。這種深厚的隱逸情結在傳統文人中以爲是極高雅的，是遠離紅塵名利的。這首詞在表現上是極通俗的，是非常口語化的，也是「老嫗能解」的。然卻是天然的，絕非媚俗的，是毫無蔬筍氣的。它是以通俗直白的語言，表現與俗氣不沾邊的高雅境界的。

又如《減字木蘭花》：

> 無人請我，我自舖氈松下坐。酌酒裁詩，調弄梅花作侍兒。　心歡易醉，明月飛來花下睡。醉舞誰知，花滿紗巾月滿杯。

此詞語言是那麼通俗，意境又是那麼深遠、優美，那麼富於詩意，是典型的士大夫式的高雅情調。

以上兩首詞語言通俗，極爲自然本色。它是口頭語，而又未用生僻的詞匯，沒有徑用土語方言，沒有粗鄙俚俗之弊，完全是標準純潔的書面語。眞是「詞意絕奇，似不食烟火人語」〔註7〕。因此，朱敦儒的俗詞，已趨高雅境界了，可謂通俗而又高雅的詞。「俗」與「雅」這兩個對立的美學概念，在朱詞中已完全渾融了，因對立消失而完全融爲一體了。他以清淺的語言，寫出了高雅的藝術境界，表現出了對功名利祿的淡薄與超脫。這種飽含出世心態或心靈的詞作，境界是如斯高妙，令人擊節讚賞。誠如梁啓勛所云：「作品多自然意趣，不假修飾而豐韻天成，即汪叔耕所謂多塵外之想者是也。」〔註8〕這種出神入化的語言，絕不是隨意摭拾的民間口語，而是經過作者苦心冶鑄、千錘百煉而又絲毫不留錘煉痕迹者。其錘煉之精妙，眞正達到了爐火純青的地步。朱敦儒的這類俗詞很多，如《鷓鴣天》「檢盡麻頭冬又殘」、《臨江仙》「生長西都逢化日」、《臨江仙》「堪笑一場顚倒夢」、《蘇幕遮》「瘦仙人」、《木蘭花》「老後人間無處去」、《減字木蘭花》「有何不可」等都是，可見它已不是個別現象，而是在某種程度上，

〔註7〕　鄧子勉校注：《樵歌》，第482頁，上海古籍出版社，1998。
〔註8〕　鄧子勉校注：《樵歌》，第507頁，上海古籍出版社，1998。

已帶有整體風格的性質了。

北宋的俗詞，如果說柳永、歐陽修、秦觀、黃庭堅等詞人主要是寫秦樓楚館女子生活與心態，並用了俚俗的接近或竟是民間原生態的語言，那麼，朱敦儒則開始用純潔通俗的書面語，表達士大夫的隱逸情結，他將漁民、農民的生活理想化，這種理想的境界是他對生活的最高追求，並用以表現自己淡泊名利、甘居下層、甘落方外的高雅的情感。

北宋的俗詞，往往寫得艷俗、卑俗、粗俗，並夾雜著一些方言土音，甚至用了一些字書上不曾有的生造字，以至使注家對一些詞語無法注音釋義。這種學習民間口語生吞活剝的現象，在《山谷詞》中表現尤甚。劉熙載謂「黃山谷詞……故以生字俚語侮弄世俗」〔註9〕。有些詞則是艷俗、卑俗、粗俗俱具的三料貨。當然，這是詞人向民間詞語學習的初級階段，還未能去粗取精、去僞存眞達到眞純的地步，只是對無限豐富生動的民間語言的不加選擇的模擬，對民間一些低級情趣的摹寫，這是俗詞發展的低級階段，在藝術表現上不夠成熟，有生硬仿造之嫌。朱敦儒在對民間俗詞的學習上，早已超越了模擬、因襲階段，其詞的用語，是從日常語言中提煉出來的精華，是濃縮了的日常語言。他對民間語言經過一番精心的加工提煉，達到了一種全新的境界。這極爲成功的藝術創造，使文人俗詞，步入了一個新的更高的階段。

朱敦儒的俗詞，在詞史上達到了最高峰，是後人難以逾越的，一千年來，還沒有人超越他所達到的水平。

〔註9〕 劉熙載：《藝概》，第108頁，上海古籍出版社，1978。

淺談呂本中詞的特色

呂本中（1084～1145），字居仁，號紫微，學者稱東萊先生。其先河南人，南渡後為金華（今浙江省內）人。靖康初，官祠部員外郎。紹興六年賜進士出身。歷中書舍人，權直學士院。以忤秦檜罷職，提舉太平觀。紹興十五年卒，謚文清。有《東萊集》《紫微詞》等。存詞 27 首。

呂本中存詞不多而整體藝術水平頗高，他的每一首詞作，都是令人愛讀的精妙之作。在宋代存詞不多而影響較著者有范仲淹、王安石、陳與義、岳飛等，呂本中也是其中之一。他們在詞的創作中，似乎都有清醒的精品意識，希望每一首詞都能流傳千古。這種重質量而不貪圖數量、存詞不多而藝術水準很高的詞人的產生，在文學史上是一種特殊的現象，很值得我們重視並加以認眞研討的。

一

從創作題材來看，呂本中的詞幾乎都是春花秋月、別愁離緒的抒寫，這顯然是北宋以來流行的婉約詞的路數。這種傳統的題材，經柳永、晏殊、張先、歐陽修、周邦彥、秦觀等人的開拓，已發展到了頂點，很少再有繼續發展和出新的空間了。而蘇軾在詞的創作上，獨闢蹊徑，以詩為詞，指出向上一路，使詞有了新的蓬勃發展之勢。呂本中卻仍沿著周、秦的路子，在這已被前賢用熟了、用爛了的題材中，重振旗鼓，並欲創造詞的輝煌，這要有很大的藝術創新的魄力和勇氣。他以新穎的構思、獨特的藝術技巧，卻使朽枝生花，煥發出新的青春和藝術生命力。他不僅在詞中抒發了自己的眞實感情，同時也自然地滲入了某些時代的社會內容，從而使詞給人以清新深厚之感。譬如《采桑子》：

恨君不似江樓月，南北東西。南北東西。只有相隨無別離。　　恨君卻似江樓月，暫滿還虧。暫滿還虧。待得團圓是幾時。

此詞是寫一位婦女與夫分離之苦痛與對夫妻永久團聚的企盼。這是一個常見的題材，前人已經寫了許多輝光四射傳之永久的詞，實在與之難以爭勝了。然他仍然寫出了這首與許多有名詞作可以媲美的好詞來，這的確是不容易的。詞人用了人們每天幾乎都能見到的月亮作比，以恨君不似月之與人相隨與恨君卻似月之漸滿還虧兩個側面，強調了夫妻應當長久團聚這一主題，表現了她對與夫「相隨無別離」的幸福生活的企盼。詞人對這平常的生活，平凡的題材，卻寫得這麼巧妙，這麼自然，這麼清新，這麼深刻，令人讚嘆不置。而疊句的巧妙使用，使詞頗富民歌風味。卓人月云：「章法妙，疊句法尤妙。似女子口授，不由筆寫者。」（《古今詞統》卷四）現代詞論家吳世昌說：「此詞雖多重句，而意想高妙、措辭婉約，非能手不辦。」（《詞林新話》）這些讚語，恰切地指出了這首詞的藝術特色。

再如他的《南歌子》：

驛路侵斜月，溪橋度曉霜。短籬殘枝一菊黃。正是亂山深處、過重陽。　　旅枕元無夢，寒更每自長。只言江左好風光。不道中原歸思、轉淒涼。

這是南渡後他在重陽佳節寫的一首詞。上闋寫旅途的情景：早上起得很早，忙著趕路，朦朧的月色照著驛路，那溪橋上仍有未消完的殘霜，路旁人家低矮的籬笆內有一枝開敗了的菊花，在亂山深處的旅途中，渡過了這重陽佳節。下闋寫晚上住宿的情景：寒夜漫漫，連個好夢也不做。總以爲江南風光好，令人愉悅，孰料竟是那麼殘破，那麼難盡人意，由此引起了對故鄉的思念。詞人由對中原的歸思，想到故鄉已被金人侵佔的現實，無家可歸。「國破山河在」的嚴酷現實以及金人步步緊逼，想到這空前的民族災難與個人不幸的遭遇，心情又是何等的沉重。又如他的《長相思》:「要相忘。不相忘。玉樹郎君月豔娘。幾回曾斷腸。欲下牀。卻上牀。上得牀來思舊鄉。北風吹夢長。」也是有著強烈的故鄉之思。故鄉與故國之思，這在宋代南渡的北人中普遍存在的，也是時刻縈懷的。這是在當時的歷史潮流中，知識分子發出的眞實的回聲。在這回聲中，飽含著對於恢復故土的強烈願望與對議和派的潛在的譴責。因此，它有著強烈地現實意義。

二

從詞的選調來說，呂本中的創作路子也是滯後的。在其 27 首詞中，有小令 24 首，中調 2 首，長調 1 首。從詞史的發展來看，也是頗爲反常的。北宋中期，晏殊、張先、歐陽修等人詞的創作，是以小令爲主。柳永多寫慢詞，經蘇軾、周邦彥、秦觀等人的努力，長調增多，詞人寫長調的比例增大。這在詞史發展中是一大進步。而呂本中在詞的創作上，仍以小令爲主，這在詞的用調方面，已很保守了。比他大 31 歲的陳師道（1053～1102），存詞 54 首，有小令 48 首，中調 5 首，長調 1 首，在用調方面，也已很滯後了。雖然他自謂其詞「不減秦七黃九」（《後山詩話》），這只是自我感覺特別良好罷了。其詞成就，遠不及秦七黃九，歷史已做了結論。其與秦、黃差距很大的原因之一，就是用調的保守。而不能與時俱進，寫出更多更好的慢詞來。晚於他 31 年的呂本中，又步他的後塵，其用調之保守，不言而喻。然令人驚異的是：他雖然詞作不多，用調保守，但詞的整體水平並未下降，反倒相當的高。幾乎每一首詞都是有特點的，可讀的比例很高。打開《紫微詞》，令人喜讀不置。

呂本中是一位理學家、又是與江西詩派關係極密切的詩人，後來有人也將他列入江西詩派。但他在詞的創作上沒有受江西詩派的影響，不化用古人詩句，行文不古板，無瘦硬的語句，而是活活潑潑、富於創新朝氣的。他在題材與風調上雖沿用了傳統的作法，然他的創作才思極高，創作天才發揮得極好，因此才寫出許多優美的頗具個性特色的好詞來。

第一，他的一些詞，感情眞實，內容深沉，反映了現實生活。他經歷了北宋，又親歷了南渡之際的戰亂歲月，飽含失去祖國北方、失去家園之痛，這種感情在一些詞裏，得到較充分的反映。《南歌子》「驛路侵曉月」、《虞美人》「平生臭味如君少」，二詞內容相似，都以過去襯托現在，有著較深切的感受。如《虞美人》「平生臭味如君少。自是君難老。似儂憔悴更誰知，只道心情不似、少年時。春風也到江南路。小檻花深處。對人不是憶姚黃，實是舊時風味、老難忘」此詞感情深沉，內容厚重，飽含故國之思的時代內容，閃耀著時代的火花。

第二，他的詞寫得很本色，玲瓏剔透，渾然天成，不著色相。曾季狸說：「東萊晚年長短句尤渾然天成，不減唐《花間》之作。如一詞云：『柳色過疏離，花又離披。……』又一詞，其間曰：『可惜一春多病，等閒過了酴醾。』又一詞，其間云：『對人不是惜姚黃，實是舊時心緒、老難忘。』皆精絕，非尋常人所能作也。」（《艇齋詩話》）這個評價，基本上是符合呂本中詞的創作實際的。他的詞，幾乎每首都是寫得那麼自然，那麼本色。其詞清俊爽朗，沒有沾染《花間》詞那種富艷穠麗的弊病，沒有一點虛浮的描寫與誇飾，都是傾注了眞實情感的好詞。誠如卓人月云：「情不在豔，而在眞者」（《詞綜偶評》），他的詞情眞意摯，韻味天然。這個特點，與他創作中幾乎是一色的小令有關。小令寫作，詞人可借一時的感觸，揮翰立就，一氣呵成。如用長調，就要「舖敘展延，備足無餘」（李之儀

《跋吳思道小詞》)，難免刻意雕琢，很難產生渾成之作。南渡之際，隨著詞的中長調的增多，宋詞逐漸由渾然天成不著色相的唐調，逐漸向舖陳雕琢、以才學爲詞的宋腔過渡，並走上了唯美主義。而呂本中詞則仍是典型的唐調，這在當時的詞壇，表現是相當突出的。

第三，他的詞很少修飾，不用彩繪，幾乎全是白描。他用標準的白話書面語，或用當時流行的口語，寫出一種非常清雋的藝術境界，讀了令人有清爽之感。如：「去年今夜，同醉月明花樹下。此夜江邊，月暗長堤柳暗船。故人何處，帶我離愁江外去。來歲花前，又是今年憶去年。」(《減字木蘭花》) 從「去年」、「此夜」、「來歲」的娓娓敘述中，滲透了思念故人的深厚感情。從頭到尾都是本色人語，卻淡然自佳，有極強的藝術感染力。

論向子諲的《酒邊詞》

向子諲（1085～1152），字伯恭，自號薌林居士，臨江（今江西清江）人。元符初，以恩補官。政和五年（1115）知咸平縣，宣和六年（1124）任淮南東路轉運判官。高宗朝，歷徽猷閣直學士，知平江府。尋致仕，號所居曰薌林。紹興二十二年（1152）卒，年六十八，有《酒邊詞》。

《酒邊詞》計 176 首，分爲《江南新詞》與《江北舊詞》。胡寅序云：「觀其退江北所作於後，而進江南所作於前。以枯木之心，幻出葩華，酌玄酒之尊棄置醇味，非染而不色，安能及此？」〔註 1〕作者爲什麼看好《江南新詞》，而看輕《北江舊詞》，胡寅的看法雖有一定的道理，但這一問題的癥結，還值得我們深入地探究。

一

《江南新詞》計 112 首，顧名思義，這是詞人南渡以後之作。南渡之際，由承平走向動亂，戰爭頻仍，在與金國的戰爭中，徽宗、欽宗被俘虜，大宋失去了大半個中國。士大夫既遭亡國之痛，又受顚沛流離之苦。因此對這巨變中的現實，感觸很深。抒寫失去半壁江山之

〔註 1〕 胡寅《題酒邊詞》，毛晉《宋六十名家詞》，第 220 頁，上海古籍出版社，1989 年。

痛，以及對徽、欽二帝蒙難之深刻懷念，成爲詞的主調，表現出強烈地愛國情緒。如《水龍吟・紹興甲子上元有懷京師》：

> 華燈明月光中，綺羅絃管春風路。龍如駿馬，車如流水，軟紅成霧。太一池邊，葆眞宮裏，玉樓珠樹。見飛瓊伴侶，霓裳縹緲，星回眼、蓮承步。　　笑入綵雲深處，更冥冥，一簾花雨。金鈿半落，寶釵斜墜，乘鸞歸去。醉失桃源，夢回蓬島，滿身風露。到而今江上，愁山萬疊，鬢絲千縷。

紹興甲子爲 1144 年，此距靖康之難（1127）已經 18 年了。愛國志士在國土流失面臨亡國的沉痛中，希望打敗金國，恢復中原，早逢盛世。這首詞表現了強烈地愛國情緒。此詞以反詞的上、下闋內容截然劃分的格調，從「華燈明月光中」到「滿身風露」計 21 句，寫承平時京都汴京上元時的繁華景象：歌舞昇平，車水馬龍，張燈結彩，麗姝滿路，元宵節竟是如此熱鬧，令人不禁嚮往之至。下闋則以特寫鏡頭，描繪了乘鸞歸去侍女衣著不整，頗爲浪漫的神態，進一步描寫了元宵徹夜熱鬧非凡的景象。結尾則回到現實，亟寫今日之愁、愁山萬疊，鬢絲千縷，由今思昔，今昔形成強烈地對比。面對今日之半壁江山，懷念往昔之盛世。詞人感情之沉痛，躍然紙上。

又如《水調歌頭》：

> 閏餘有何好，一年兩中秋。補天修月人去，千古想風流。少日南昌幕下，更得洪徐蘇李，快意作清遊。送日眺西嶺，得月上東樓。　　四十載，兩人在，總白頭。誰知滄海成陸，萍迹落南州。忍問神京何在，幸有薌林秋露，芳氣襲衣裘。斷送餘生事，惟酒可忘憂。

此詞有詞序稱：「大觀庚寅閏八月秋，薌林老、顧子美、江彥章、蒲庭鑒，時在諸公幕府間，從遊者洪駒父、徐師川、蘇伯固父子、李商老兄弟。是夕登臨，賦詠樂甚。俯仰三十九年，所存者，余與彥章耳。紹興戊辰再閏，感時撫事，爲之太息。因取舊詩中師川一二語，作是詞。」

上闋由閏餘兩中秋，說到補天修月人去，千古想念風流，由此想到當年作幕時的快意之遊。下闋寫今，經過四十年，當年眾多友朋都風流雲散，只留下我與江彥章兩人了。滄桑巨變，流落江南，怎忍問神京何在？情緒悲愴，沉痛之至，幸有薌林，猶可暫時盤桓棲居。這首詞感慨極深。將滄桑之巨變、國事之悲慨，都寓於其中了。

餘如《阮郎歸·紹興乙卯大雪行鄱陽道中》:「天可老，海能翻，消除此恨難。頻聞遣使問平安，幾時鸞輅還」;《秦樓月》:「芳菲歇，故園目斷傷心切。傷心切，無邊煙水，無窮山色。可堪更近乾龍節，眼中淚盡空啼血。空啼血，子規聲外，曉風殘月。」《虞美人·與趙正之宛丘執別，俯仰十有餘年。忽謾相逢，又爾語別，作是詞以送之。時正之被召》:「淮陽堂上曾相對，笑把姚黃醉。十年離亂有深憂，白髮蕭蕭同見、渚江秋。」有對故國的思想，對二帝還朝的企盼。這些詞有深刻的現實內容，有強烈的感情色彩，表現了統一祖國的強烈願望，表達了詩人的愛國感情。然這類詞在《江南新詞》中佔的比例並不大，佔比例大的是酬應之作：贈答、酬唱、戲作等無聊之作，在思想藝術上均無甚可取。但作爲以「娛賓遣興」爲傳統的詞，有十多首感情飽滿、情緒憤切的詞，已經很不錯了。無論從詞的藝術創新還是從深刻的反映現實來說，都值得稱道。僅我們以上列舉的幾首詞，就可爲其在詞史上大書一筆了。胡寅批評目光之敏銳以及詞人對其特別重視，都是很有道理的。

《江南新詞》的絕大部分詞作，都有題序。經統計有題序者達 96 首之多，占到全部詞作的七分之六，這在他以前是沒有過的，他將詞的題序推到高峰。詩題是有題詩產生後的必要條件，除少數標名無題者無題外，都有詩題。詞由有調無題到題序產生與增多，說明詞有向詩靠攏的趨勢，或竟以詩爲詞。向子諲的題序的增多，說明其詞有詩化的傾向。

《江南新詞》的藝術風格是曠放的，感情憤慨，詞境開闊，而輕柔、輕綿的詞風，不復存在。如《八聲甘州·丙寅中秋對月》:

掃長空、萬里靜無雲，飛鏡上天東。欲騎鯨與問，一株丹桂，幾度秋風。取水珠宮貝闕，聊爲洗塵容。莫放素娥去，清影方中。　玄魄猶餘半璧，便笙篁萬籟，尊俎千峯。況十分端正，更鼓舞衰翁。恨人生、時乎不再，未轉頭、歡事已沈空。多酌我，歲華好處，浩意無窮。

這是一首典型的清曠之作，表現了詞人心胸的暢朗與開闊。《水調歌頭・再用前韻答任令尹》、《洞仙歌・中秋》等，都是感情曠放之作。清曠之詞風在《江南新詞》中，占有較大的比重。

二

《江北舊詞》計 63 首，這是向子諲南渡以前的作品。在編自己詞集時，詞人將其放在《江南新詞》的後邊，表明了自己的態度。顯然，他自己是不看重這部分詞作的。雖然作者對自己詞作的評價，可以說是如魚飲水，冷暖自知的，但卻也未必公允。因爲他跳不出自己的立場，予以客觀的準確的評價。正所謂「不識廬山眞面目，只緣身在此山中。」

《江北舊詞》寫於靖康之難以前。雖然當時形勢嚴峻，內憂外患咄咄逼人，已是「山雨欲來風滿樓」了，但總的來看，政局表面還是平穩的，社會上還沒有掀起大的風浪。而這部分詞，除了少數詠物詞外，內容基本上是寫閨情或戀情之作，沒有反映社會問題。藝術上則承繼了歐晏詞的婉約詞風，這倒是符合詞的傳統的。其中有題序的詞作 34 首，佔這部分詞作的二分之一強，這個比例顯然比《江南新詞》有題序的比例小的多了。

《江北舊詞》有許多贈伎之作，如《殢人嬌・錢卿席上贈侍人輕輕》、《玉樓春・與何文縝、倪巨濟、王元衷、蘇叔黨宴張子實家，侍人賀全眞妙絕一時》、《生查子・贈陳宋鄰》、《浣溪沙・趙總憐以扇頭來乞詞，戲有此贈，趙能著棋、寫字、分茶、彈琴》、《浣溪沙・王稱心效顰，亦有是請，再用前韻贈之》、《浣溪沙・酴醾和狄相叔韻，贈陳宋鄰》、《南歌子・郭小女道裝》，這些詞都寫得蘊藉風流。如《浣溪沙・酴醾和狄相叔韻，贈陳宋鄰》：

翡翠衣裳白玉人，不將朱粉污天眞，清風爲伴月爲鄰。枕上解隨良夜夢，壺中別是一家春。同心小綰更尖新。

寫了體形神態之美，沒有輕薄，沒有邪念，但這類詞，也沒有多大意義。誠如郭麐所云：「《酒邊詞》二卷，其中贈伎之詞最多，其名如小桃、小蘭、輕輕、賀全眞、陳宋鄰、趙總憐、王稱心，不一而足，所謂承平王孫故態者耶！」〔註2〕

寫思親念遠或男女之間悲歡離合的。如《減字木蘭花・政和癸巳》：

幾年不見。蝴蝶枕中魂夢遠。一日相逢，鸚鵡杯深笑靨濃。　歡心未已，流水落花愁又起。離恨如何。細雨斜風晚更多。

又如：《虞美人・政和丁酉下琵琶溝作》：

濛濛煙樹無重數。不礙相思路。晚雲分外欲增愁。更那堪疏雨、送歸舟。　雨來還被風吹去。隕淚多如雨。擬題雙葉問離憂。怎得水隨人意、肯西流。

這些詞都寫得含蓄、蘊藉、委婉，頗有韻致。

他的閨情詞也是寫得很好的。如《虞美人》：

綺窗人似鶯藏柳，巧語春心透。聲聲清切入人深。一夜不知兩鬢、雪霜侵。　何時月下歌《金縷》，醉看行雲住。懶將幽恨寄瑤琴。卻倩金籠鸚鵡、遞芳音。

又如《更漏子》：

鵲橋邊，牛渚上。翠節紅旌相向。承玉漏，御金風。年年歲歲同。　懶飛梭，停弄杼。遙想綵雲深處。人咫尺，事關山。無聊獨倚欄。

總之《江北舊詞》，多係男女情愛之作，這些詞寫得婉柔、本色，感情眞切，甚至連追和蘇軾《卜算子》的詞，詞人覺得「終恨有兒女之態耳！」有「兒女之態」是向子諲《江北舊詞》的突出特點，

〔註2〕 郭麐《靈芬館詞話》卷二，《詞話叢編》，中華書局，第1531頁，1986。

是很典型的婉約詞，並達到了較高的藝術水準。還應該提到《梅花引・戲代李師明作》，《梅花引》填詞頗難，但作者卻能做到難中見巧，以此取勝。誠如陳廷焯所云：「此調頗不易工，古今合作，僅此一首。蓋轉韻太多，眞氣必減。且轉韻處必須另換一意，方能步步引人入勝，作者多爲調所窘。此作層層入妙如轉丸珠。又如七寶樓台，不容拆碎。」〔註3〕總之，《江北舊詞》可讀的數量之多，藝術質量之高，都堪稱道。況周頤云：「瀏覽竟卷，舊詞佳構，實較新詞爲多。」〔註4〕這是中的之言。有些選家，很看好《江北舊詞》，朱彝尊《詞綜》選向子諲詞 9 首，其中 8 首就選自《江北舊詞》。胡雲翼《詞選》選向子諲詞 4 首，全抄自《江北舊詞》，這都很能說明問題。重視詞的藝術傳統的選家，對《江北舊詞》很看好。這種看法與向子諲的看法，是迥然不同的。

三

《江北舊詞》寫得本色、當行、婉約，藝術水準較高。在寫法上，接受傳統的影響較多。風格，接近南唐與北宋初期的詞風，基本上是蘊藉自然、玲瓏剔透的唐調。《江南新詞》一般都寫得感慨深沉，風格曠放，在寫法上受蘇軾以詩爲詞的影響較大。如《鷓鴣天・有懷京師上元，與韓叔夏司諫、王夏卿侍郎、曹仲谷少卿同賦》：「紫禁烟花一萬重，鰲山寶闕倚晴空。玉皇端拱彤雲上，人物嬉遊陸海中。　星轉斗，駕回龍，五侯池館醉春風。而今白髮三千丈，愁時寒燈數點紅。」行文典重，感情深沉，基本上是以才學爲詞的宋腔。

《江北舊詞》雖然寫得含蓄蘊藉，本色當行，有著傳統的藝術特色。然詞人在藝術上相沿既久，則不免在表現上陳陳相因，且題材陳舊，感情普泛，藝術生氣不足，欠創新之鋒芒。《江南新詞》

〔註3〕陳廷焯《白雨齋詞話》卷七，人民文學出版社，第 197 頁，1959。
〔註4〕況周頤《蕙風詞話・廣蕙風詞話》，中州古籍出版社，第 269 頁，2003。

多有題序，以詩為詞，多曠放之作。含蘊了較多的新的社會內容，藝術表現上也較有生氣。承蘇詞之新銳，所謂「步趨蘇堂而嚌其胾者也」〔註 5〕。並對辛詞的內容與詞風，有著深切的影響。承前啓後，厥功甚偉。

〔註 5〕 胡寅《題酒邊詞》，毛晉《宋六十名家詞》，上海古籍出版社，第 220 頁，1989。

陸游「以詩爲詞」論

偉大的愛國詩人陸游，在文學史上也是一位頗有影響的詞人。其詞品第之高，風格之多樣，爲歷代學人所稱道。毛晉評其詞曰：「楊用修云：『纖麗處似淮海，雄慨處似東坡。』予謂超爽處更似稼軒耳。」〔註 1〕今人薛勵若評曰：「其詞亦兼具雄快、圓活、清逸數長。」〔註 2〕所論均極中肯綮。我以爲陸游詞多似詩。前人所謂「東坡詞詩」〔註 3〕，「蘇以詩爲詞」〔註 4〕，將論蘇軾詞的這些評語，移來評陸游的詞，也是極恰切的。

一

「以詩爲詞」，是北宋學人對蘇軾詞的一種較普遍的認知。「《世語》云：……蘇子瞻詞如詩，秦少游詩如詞」〔註 5〕。「東坡嘗以所作小詞示無咎、文潛，曰：『何如少游？』二人皆對云：『少游詩似小詞，先生小詞似詩。』」〔註 6〕這是蘇軾的門人晁補之、張耒對其

〔註 1〕 毛晉：《放翁詞跋》，引自夏承燾《放翁詞編年箋注》，第 146 頁，上海古籍出版社，1981。

〔註 2〕 薛勵若：《宋詞通論》，第 230 頁，開明書店，民國三十七年。

〔註 3〕 謝章鋌：《雙鄰詞鈔序》，引自孫克強《唐宋人詞話》，第 264 頁，河南文藝出版社，1999。

〔註 4〕 孫克強：《唐宋人詞話》，第 250 頁，河南文藝出版社，1999。

〔註 5〕 施蟄存、陳如江：《宋元詞話》，第 58 頁，上海書店出版社，1999。

〔註 6〕 孫克強：《唐宋人詞話》，第 242 頁，河南文藝出版社，1999。

詞的評價，對於這種評價蘇軾也是默認的。可見，蘇軾「詞似詩」在當時就得到了較普遍的認同。然對其歷史功過與審美評價，卻有截然不同的兩種對立的意見。

> 退之以文爲詩，子瞻以詩爲詞，如教坊雷大使之舞，雖極天下之工，要非本色。〔註 7〕

> 及眉山蘇氏一洗綺羅香澤之態，擺脱綢繆宛轉之度，使人登高望遠，舉首高歌，而逸懷浩氣超然乎塵垢之外，於是《花間》爲皀隸，而柳氏爲輿台矣。〔註 8〕

陳師道站在尊體的立場，以「非本色」否定蘇軾詞；胡寅則以蘇軾「以詩爲詞」形成新的超逸曠放風格來肯定蘇軾詞。觀點的嚴重對立，說明對「以詩爲詞」詞學觀的重大分歧。

「以詩爲詞」從原初意義上說，是站在尊體的立場上對詞人衝破舊的作詞規範的貶抑，指責其不是以詞的筆法填詞，而是以詩的筆法寫詞，因而使詞變了調子，走了樣子，從而失去了詞應有的藝術本色，變成了詩的格調。事實上，蘇軾「以詩爲詞」，是對詞的狹隘題材的解放，是對詞的表現功能的開拓，是對詞境的大力拓展，給當時內容狹窄、柔軟乏力的軟綿綿的詞風，注入了諸多新的血液，使詞題材廣泛，風格多樣，藝術表現力增強，藝術風格煥然一新，因而極大地增強了詞的活力。這種對詞的革新，在詞史上有著不可磨滅的功勛。我們可以說，蘇軾對詞的革新是一種完全自覺的行爲，使詞以全新的面貌，屹立於北宋詞壇。也毋庸諱言，「以詩爲詞」對詞的藝術個性有所削弱、消滅，對唐五代宋初詞的體格特徵有所異化，是詞向詩的特徵的某種程度的回歸。然它終竟代表了詞的一種發展的新趨向。與蘇軾同時的黃庭堅、晁補之、李之儀、賀鑄等人，其詞都有某種程度的詩化傾向，是蘇軾詞體革新的同盟

〔註 7〕 陳師道：《後山詩話》，引自施蟄存、陳如江《宋元詞話》，第 58 頁，上海書店出版社，1999。

〔註 8〕 胡寅：《題酒邊詞》，引自陳良運《中國歷代詞學論著選》，第 78 頁，百花洲文藝出版社，1998。

軍。其後朱敦儒、張元幹、張孝祥等詞人，繼承了這一傳統，使「以詩為詞」得到了繼續與承傳。到了陸游所處的時代，「以詩為詞」已成為詞的主調了。陸游則在「以詩為詞」的合唱中，扮演了一個重要的角色。

陸游對詞的認知與創作，在思想深處是頗有矛盾的。他認為詞不能登大雅之堂，不能與「言志」的詩相提並論；但在實際上他卻非常喜歡填詞，並樂此不疲。他在《長短句序》中說：「予少時汩於世俗，頗有所為，晚而悔之。然漁歌菱唱，猶不能止。今絕筆已數年，念舊作終不可掩，因書其首，以識吾過。」〔註 9〕從理性上說，他站在士大夫的立場上，仍以詞為小道，並對早年「汩於世俗」作詞而「悔之」。這種觀點是相當陳舊的，在當時就是落後的，是對詞的歷史價值與藝術價值的貶抑與否定；但從感性上講，他非常喜歡作詞，雖然對自己曾經作詞「悔之」，然「漁歌菱唱，猶不能止」。雖說「絕筆已數年」，實則後來仍寫了許多詞；雖曰編輯詞集是為了「以識吾過」，實則愛而不捨，不能丟棄。這種理性與感性、理論與實踐的矛盾，還反映在他對詞的評價上。他對前人的詞作或詞集，做過一些題跋，其矛盾思想在這些題跋中，得到集中而突出的反映。他在《跋〈花間集〉》時說：「《花間集》皆唐末五代時人作，方斯時天下岌岌，生民救死不暇，士大夫乃流宕如此，可嘆也哉！或者亦出於無聊故耶？〔註 10〕」彭孫遹云：「詞以豔麗為本色，要是體制使然。」〔註 11〕《花間集》多係西蜀詞作，在晚唐五代時期，四川社會穩定、經濟繁榮，反映市民情緒與統治階級享樂思想的詞，得到了空前的發展。陸游對《花間集》作者的責難，既與晚唐五代西蜀

〔註 9〕 陳良運：《中國歷代詞學論著選》，第 106 頁，百花洲文藝出版社，1998。
〔註 10〕 陳良運：《中國歷代詞學論著選》，第 108 頁，百花洲文藝出版社，1999。
〔註 11〕 彭孫遹：《金粟詞話》，引自唐圭璋《詞話叢編》，第 723 頁，中華書局，1986。

的社會現實不符，又反映出他的正統的文學觀念，以「言志」的詩衡量言情的詞，因此對《花間集》的詞人只寫艷情而不顧國計民生極爲反感，但他對前人的一些詞作，則極爲欣賞，並給予了很高的評價。他說：「飛卿《南歌子》八闋，語意工妙，殆可追配劉夢得《竹枝》，信一時傑作也。」〔註 12〕又說：「昔人作七夕詩，率不免有珠櫳綺疏惜別之意，惟東坡此篇，居然是星漢上語，歌之曲終，覺天風海雨逼人。學詩者當以是求之。」〔註 13〕他談的是溫飛卿與蘇軾的詞，但最後卻說「學詩者當以是求之」。可見，他對詞與詩的體格是不大分辨的，甚至可以說詞法與詩法是一致的，沒有區別的。正因爲如此，他在評陳師道詞時說：「陳無己詩妙天下，以其餘作辭（詞），宜其工矣。顧乃不然，殆未易曉也。」〔註 14〕詩詞異體，作法自別，一位作者擅長此而不擅長彼，這是常見的現象，有什麼奇怪？陸游對陳師道工詩而不工詞不大理解，說明他對詩詞之體格微妙區分是不大了然的。這種理論與實踐的矛盾以及對詩詞作法不分的觀點，反映在創作上，不是自覺地遵守體格，而是自發地填詞。因爲，他對詞的本色、特徵，不是那麼精到和諳熟。於是就自覺或不自覺地以詩人之筆填詞，出現了「以詩爲詞」的創作傾向。

二

陸游詞似詩情境者甚多，大體來說，有以下三個方面：

其一，詞中雜有詩句，一首詞往往爲諸多詩句與詞句共同構建而成，形成了詩句與詞句混雜的詞體。

詞中雜有詩句的情況，在陸游詞集中，幾乎是俯拾即是。譬如：

〔註 12〕陳良運：《中國歷代詞學論著選》，第 107 頁，百花洲文藝出版社，1999。

〔註 13〕陳良運：《中國歷代詞學論著選》，第 108 頁，百花洲文藝出版社，1999。

〔註 14〕陳良運：《中國歷代詞學論著選》，第 107 頁，百花洲文藝出版社，1999。

家住蒼煙落照間，絲毫塵事不相關。斟殘玉瀣行穿竹，卷罷黃庭臥看山……元知造物心腸別，老卻英雄似等閒。

懶向青門學種瓜，只將漁釣送年華。雙雙新燕飛春岸，片片輕鷗落晚沙……逢人問道歸何處，笑指船兒此是家。

這是兩首《鷓鴣天》詞。《鷓鴣天》詞牌本來是由七律演變而成的，它仍有詩的某些特點和烙印，顯現著由詩轉換詞的某些痕迹。而這兩首《鷓鴣天》詞，簡直就都是七律中三個聯句，太像詩了。這些句子如果不是從陸游詞集中抄出，而是從某個類書中找出的佚句，那麼，與其將它定爲殘詞，不如將它定爲殘詩。因爲它的語言、意象、氣勢、格調都是詩的。由此可見，這兩首詞的主體是由詩構建起來的。因此，它的形式是詞，用了詞調，符合詞的韻律，而其精神實質卻是詩的，是陸游「以詩爲詞」的例證。

在陸游詞中，摻雜的詩句很多，簡直不勝枚舉：

故人小駐平戎帳，白羽腰間氣何壯。（《青玉案·與朱景參會北嶺》）

天若有情終欲問，忍教霜點相思鬢。（《蝶戀花·離小益作》）

忙日苦多閒日少，新愁常續舊愁生。（《浣溪沙·和無咎韻》）

秘傳一字神仙訣，說與君知只是頑。（《鷓鴣天·葭萌驛作》）

一句丁寧君記取，神仙須是閒人做。（《蝶戀花》「禹廟蘭亭今古路」）

只道眞情易寫，那知怨句難工。（《臨江仙·離果州作》）

一般來說，詞句軟，詩句硬；詞句多用比興，詩句多用賦筆。以上諸例，均爲賦句，且有著詩的剛健語氣與情調，這都證明在放翁詞中，含有較重的詩的特點。換句話說，他的詞的建築材料與構成部件，多是詩的而非詞的。因此，他的某些詞的整體，也顯示出某些詩的特徵，讀起來有頗爲深厚的詩的情味。

其二，就詞的語言表現而言，陸游詞的語言多是詩的，而非詞的。

詩主要用賦筆，參以比興；詞則以比興爲主而參以賦筆。詩詞雖然都用賦比興，但其重心則是不同的。因此，就語言風格而言，詩顯而詞隱；詩主旨明朗，詞情調含蓄；詩感情直率，詞感情多委婉之致。陸游雖然也寫過一些優美的婉約詞，但大部分詞則超曠豪邁，其情思曠放，感情直露。儘管詞人在哀嘆「許國雖堅，朝天無路，萬里凄涼誰寄音」（《沁園春・三榮横溪閣小宴》），但其愛國之志不能伸展而處處碰壁的不幸遭遇，並未寓之於詞，並未寫出如辛棄疾詞那樣曲致逸宕、感人至深的沉鬱悲涼的詞篇，卻將心中的鬱悶與不快，以曠放的筆調寫出，顯得有些質直。如《木蘭花・立春日作》：

三年流落巴山道。破盡青衫塵滿帽。身如西瀼渡頭雲，愁抵瞿塘關上草。　　春盤春酒年年好，試戴銀旛判醉倒。今朝一歲大家添，不是人間偏我老。

上闋是對流落巴山，壯志未遂歲月白白流失的哀嘆，有著較濃的不滿情緒；最後卻說「今朝一歲大家添，不是人間偏我老」。言外之意，大家都彼此彼此，而不是我一人的不幸。從深化主題來說，可以說展示了時代的悲劇，然從個人感情來說，卻因曠達而淡化了。他的許多詞都是感情曠放而意盡詞中的。在寫法上，大都是從頭到尾的敘述，將意思明明白白地說出來，沒有比興，沒有象徵，沒有曲折，也無波瀾，結構顯得有些平直。這樣的詞，豈能有含蓄蘊藉之致耶？

其三，其詞多詩境而非詞境。

詞，雖然是廣義的詩，但詞境與詩境卻是不同的。王國維云：「詞之爲體，要眇宜修。能言詩之所不能言，而不能盡言詩之所能言。詩之境闊，詞之言長。」〔註15〕如上所論，陸游往往以詩筆寫詞，其詞多爲詩境而非詞境。現以兩首《生查子》爲例：

還山荷主恩，聊試扶犁手。新結小茅茨，恰占清江口。風塵不化衣，鄰曲常持酒。那似宦遊時，折盡長亭柳。

〔註15〕周錫山：《人間詞話匯編匯校匯評》，第163頁，北岳文藝出版社，2004。

梁空燕委巢，院靜鳩催雨。香潤上朝衣，客少閒談麈。
鬢邊千縷絲，不是吳蠶吐。孤夢泛瀟湘，月落聞柔艣。

這兩首詞，詞人寫其超塵出世之思，是隱逸詩的情調和境界。詩意濃鬱，極富詩的意趣，而缺乏「要眇宜修」之致。因此，是詩的意境，而非詞的意境。在形式構建上是「境濶」之詩，而非「言長」之詞。如果它未標詞調，也會被人誤以爲是詩人寫隱逸之思的兩首五言詩。

這種飽含詩的意境的詞，在陸游詞集中是較多的。如「仕至千鍾良易，年過七十常稀。眼底榮華元是夢，身後聲名不自知。營營端爲誰。　幸有旗亭沽酒，何妨繭紙題詩。幽谷雲蘿朝採藥，靜院軒牕夕對棋，不歸眞箇癡」。「看破空花塵世，放輕昨夢浮名。蠟屐登山眞率飲，筇杖穿林自在行。身閒心太平。　料峭餘寒猶力，廉纖細雨初晴。苔紙閒題谿上句，菱唱遙聞煙外聲。與君同醉醒」。在這兩首《破陣子》詞中，詞人寫其看破紅塵醉隱漁樵之樂，詞句蘊含哲理之思，多似人生格言。且有詩的直率明朗，缺乏詞的委婉含蓄。餘如《桃園憶故人》「一彈指浮生過」、《鷓鴣天·送葉夢錫》、《訴衷情》「當年萬里覓封侯」等，都顯現著詩的情調和境界。

從以上三方面來看，陸游的詞，在藝術表現上，多是「以詩爲詞」的。它逐漸疏離了詞的本色並向詩靠攏。在對詞的特色的消滅或異化中，他的詞倒近似「長短不葺之詩」了。

三

「位卑未敢忘憂國」〔註16〕，陸游胸懷恢復故國之志，一生迄未實現。拳拳愛國之心，屢見諸詩篇。臨終還向兒子特意叮囑：「王師北定中原日，家祭無忘告乃翁。」〔註17〕愛國之誠摯執著，令人感動。雖然他一生很不得志，然因其性格曠達，胸中很少有鬱結苦悶之思、難言之隱。他的詞多直抒胸臆之作，當其感情勃發時，信筆直書，淋漓酣暢，明白如話，極少有旨寓文外的情景。其詞雄豪

〔註16〕錢仲聯：《劍南詩稿校注》，第578頁，上海古籍出版社，1985。
〔註17〕錢仲聯：《劍南詩稿校注》，第4542頁，上海古籍出版社，1985。

曠放，時含議論，有較陽剛的文辭風貌。如此等等，按照詞的嚴格律度與審美標準衡量，都存在著程度不等的非詞化傾向。詩有詩品，詞有詞格，這是不言而喻的。沈義父云：「作詞與詩不同，縱是花卉之類，亦須略用情意，或要入閨房之意。然多流淫豔之語，當自斟酌。如只直詠花卉，而不著些豔語，又不似詞家體例，所以為難。」〔註 18〕所謂「詞家體例」要「著些豔語」，這是說詞的語言宜用燕語鶯聲、嬌艷滴嚦的柔軟語。朱彝尊云：「詞雖小技，昔之通儒巨公往往為之。蓋有詩所難言者，委曲倚之於聲，其辭愈微而其旨益遠。善言詞者，假閨房兒女子之言，通之於《離騷》、變雅之義，此尤不得志於時者所宜寄情焉耳。」〔註 19〕是謂詞辭微而旨遠，能寄託情思。善言詞者，要以《離騷》美人香草以喻君子之義而釋詞。陸游的詞，無論從語言情調說，仰或用寄託情思說，都不免疏離詞的品格而近似詩。前人論其詞曰：「詩人之言，終為近雅，與詞人之冶蕩有殊。」〔註 20〕這個評價是很中肯的。「其短其長，故具在是也」〔註 21〕，也自然是令人心悅誠服的結論。

〔註 18〕 蔡嵩雲：《樂府指迷箋釋》，第 71 頁，人民文學出版社，1963。
〔註 19〕 陳良運：《中國歷代詞學論著選》，第 426 頁，百花洲文藝出版社，1999。
〔註 20〕 夏承燾：《放翁詞編年箋注》，第 146 頁，上海古籍出版社，1981。
〔註 21〕 同上。

趙長卿及其詞作

趙長卿，名不詳，字長卿，趙宋宗室。一生未仕，平生以作詞自娛，有《惜香樂府》傳世。今存詞 339 首，居宋人存詞數量的第 5 位，且頗有個性特色。然研究趙長卿詞的論文，僅有寥寥數篇，與其創作成就極不相稱。因此，對他的詞作，有認眞研究的必要。

一、平凡樸實的一生

趙長卿的一生是樸實而平凡的。他的生平，因資料匱乏，我們知之甚少。《宋史》未給他立傳，宋人筆記小說中，也沒有關於他的佚事記載，並無文集傳世。至今，我們對他的了解，只能從其詞中找到一點兒內證，加以推論。然作爲詞，畢竟用形象思維；其創作背景又大多不甚了然。詞旨本來朦朧，又無史料參證，也不大容易說得清楚，只能作一些比較合理的推測。

記載趙長卿生平最早的人是明代末年的毛晉，他在《惜香樂府跋》中說：「長卿自號仙源居士，蓋南宋宗室也。不棲志紛華，獨安心風雅；每遇花間鶯外，輒觴詠自娛。」〔註 1〕他的話不一定有什麼史料根據，很大程度上是讀其詞得出來的結論。仙源居士或仙源，在詞的題序或詞中每每出現。如《朝中措》序云：「曾端行，

〔註 1〕 毛晉：《宋六十名家詞》，上海古籍出版社，1989。

予與之往還。一日作樓於南山，仙源醉賞，酒中作詞，書於壁。坐前數妓乞詞而歌，以勸大白，因有所感，再和前韻。」此處仙源顯然是詞人自謂。仙源作爲他個人代稱，則每每在其詞中出現。如「對仙源醉眼」（《水龍吟・江樓席上，歌姬盼盼翠鬟侑樽，酒行，彈琵琶曲，舞梁州，醉語贈之》）、「仙源與、奇葩醉倒」（《惜奴嬌・賦水仙花》）、「應爲仙源傾動」（《西江月・夏日有感》），蓋仙源爲其晚年隱居之地，故稱「仙源居士」，或以「仙源」自稱。

「蓋南宋宗室也」，也能從其詞中找到一些蛛絲螞迹。其《鷓鴣天・詠荼蘼五首》之三云：「尋譜諜，發詩囊，絕勝梅萼嫁冰霜」，即用李賀錦囊典，隱喻自己和李賀一樣，是有譜諜可據的宗室，也和李賀嗜詩一樣，自己則以詞爲生命。他在詞中曾多次用此典，如「浮蟻甕，入詩囊」（《鷓鴣天・詠荼蘼五首》之五）、「從來詩苦人消瘦，乞與幽窗富錦囊」（《鷓鴣天・荼蘼》），他之所以在詞中一再用錦囊典，不僅說明自己對詞的癡迷不亞於李賀對詩的癡迷，而且自己像李賀一樣，也是皇家宗室。「錦囊多感，又更新來傷酒，斷腸無語憑欄久」（《感皇恩・柳》），竟以錦囊自喻，說明自己與李賀身世之相似。然李賀不僅唐史有傳，且有著名詩人李商隱寫的《李長吉小傳》，確知其爲鄭王後。趙長卿是趙宋宗室的哪一枝？我們就不甚了然了。

趙長卿一生未仕，並不能說他根本就沒有功名欲望。他和封建社會的一般知識分子一樣，也是想竭力展示自己的襟抱，作一番轟轟烈烈的事業。他與朋友交遊酬唱中，就不時流露出對功名欲望的強烈。在年輕時，他就頗懷壯志，矢志苦學，希望將來在仕途上扶搖直上。到了中年，科場雖未高發，然對前途仍充滿信心。《滿庭芳・元日》，對此作了極爲充分地表露：

> 爆竹聲飛，屠蘇香細，華堂歌舞催春。百年消息，經半已凌人。念我功名冷落，又重是、一歲還新。驚心事，安仁華鬢，年少已逡巡。　　明知生似寄，何須苦苦，役慕蹄輪。最難忘、通經好學沈淪。況是讀書萬卷，辜負他、

此志難伸。從今去，燈窗勉進，雲路豈無因。

新年伊始，他就擘劃著一年奮鬥的目標。此詞上闋寫在節日歡樂的氣氛中，詞人卻因歲月蹉跎，兩鬢斑白、功名未遂而感傷。下闋謂人生苦短，何不及時行樂而要苦苦追求功名在仕途奔競？然因自己通經好學，反倒沉淪而壯志未伸，對此實在於心不甘，因而決心要再接再勵，深信「燈窗勉進，雲路豈無因。」其志彌堅，對前途充滿信心。在《醉蓬萊・七月命賦漕試，蘭台主人餞於法回寺，侍兒才卿乞詞，因此賦之，題於壁》一詞中，詞人似有成竹在胸，信心十足，折桂似可唾手而得。詞云：「正金風無露。玉宇生涼，楚郊無暑。催起行人，恰槐黃時序。萬里晴霄，幾人爭覩，快鵬搏一舉。明月圓時，素秋中夜，凌雲新賦。那更淵源，詞鋒輕銳，筆陣縱橫，學通今古。譽望飛騰，是麟宗文虎。魁薦歸來，華堂香裏，與管弦爲主。待看明年，彤墀射策，鰲頭獨步。」詞人因受命漕試，就心花怒放，情緒高漲。以爲這下可以穎脫而出，一鳴驚人。明年殿試，定能奪魁。但從他以後的生涯可以斷定，來年的彤庭射策，不僅未能「鰲頭獨步」，反倒名落孫山，掃興而歸了。也許他當年的漕試不合格，根本就沒有參加省試。

人固然由於主觀努力，能夠實現自己的願望。但由於客觀條件的限制，人的努力並非都能達到既定的目標，而使功德圓滿。趙長卿雖然曾在科舉道路上爲之努力奔競，但終究未能穎脫而出，走上仕途。最後終於心灰意懶，轉向隱居的道路。《青玉案・殘春》，抒寫了他由追求仕進到走向隱退的心路歷程：

梅黃又見纖纖雨，客裏情懷兩眉聚。何處煙村啼杜宇。勸人歸去，早思家轉，聽得聲聲苦。　利名縈絆何時住。惱亂愁腸成萬縷。滿眼興亡知幾許？不如尋個，老松石畔，作個紫門户。

在宋代優待文官、優待知識分子的大環境下，趙長卿並非是從幼年起就一直淡薄名利的。他曾經希望科場得志，取得功名富貴。爲此他也曾「三更燈火五更雞」的苦讀。這首詞可以看作是他由追求功名仕進到走向隱退生活的過渡。此詞上闋寫景，借以抒情。他在江南又適逢黃梅雨，心中非常苦惱。杜宇的叫聲，更引起了他的思家之念。下闋寫他看破了紅塵：「利名縈絆何時住？」名繮利鎖給他帶來了無限的煩惱。以國家大局來看：「滿眼興亡知幾許？」金國的南侵與朝廷的軟弱，都使國家的前途不容樂觀。國事家事充滿了愁腸。然而功名未遂，未能進入仕途，爲興邦治國略展宏猷，遂產生了退隱之念：「不如尋個，老松石畔，作個紫門戶。」此時他大概已經年過不惑，不久就隱居仙源，作起居士來了。因此，他每每寫到隱居情懷。《水龍吟・自遣》、《水調歌頭・遣懷》、《謁金門》「春睡足」、《驀山溪・遣懷》、《如夢令》「居士年來懶散」等，都是寫隱居情懷的。請看他的《水龍吟・自遣》：

　　歘曾著意斟量過，天下事，無窮盡。貪榮貪富，朝思夕計，空勞方寸。躡足封王，功名蓋世，誰如韓信。更堆金積玉，石崇豪侈，當時望，傾西晉。　　長樂宮中一嘆，又何須纍纍懸印。墜樓效死，輕車東市，頭膏血刃。尤物虛名，於身何補，一齊休問。遇當歌臨酒，舒眉展眼，且隨緣分。

此詞通過對韓信、石崇一生遭遇的敘述與反思，悟透了世人普遍看好自己也曾爲之努力奔競的功名富貴：這「尤物虛名」，「於身何補，一齊休問」。應當及時行樂，「遇當歌臨酒，舒眉展眼，且隨緣分」，過一番悠閑瀟灑的生活。他看破了紅塵，終於從塵網中掙扎出來了。《水調歌頭・遣懷》謂：

　　貪癡無了日，人事沒休期。白駒過隙，百歲能得幾多時。自古腰金結綬，著意經營辛苦，回首不勝悲。名未能安穩，身已致傾危。　　空剜刻，休巧詐，莫心欺。須知天定，只見高塚與新碑。我已從頭識破，贏得當歌臨酒，歡笑且隨宜。較甚榮和辱，爭甚是和非。

人生在世，爭名爭利。孰知「名未能安穩，身已致傾危」，因此，「我已從頭識破，贏得當歌臨酒，歡笑且隨宜。」這眞是醒世之言，是對追求名利者的無情棒喝。正因爲他已從塵夢中驚醒，以後他大概就隨緣自適，不問榮辱與是非了。直如詞中所言：「較甚榮和辱，爭甚是和非」，從此就糊裏糊塗，懵懵懂懂的混日子。這樣的表態，在其詞中是屢見不鮮的：

草木自敷榮，似人生，功名富貴。我咱諳分。隨有亦隨無，不妬富，不憎貧，歌酒閒遊戲。（《驀山溪・早春》）

詩酒度流年，熟諳得、無爭三昧。風波岐路，成敗霎時間，你富貴。你榮華，我自關門睡。（《驀山溪・遣懷》）

思量，浮世事，枯榮辱寵，歡喜憂悲。算勞心勞力，得甚便宜。粗有田園笑傲，揀些個、朋友追隨。好時景，莫甚挫過，撞著醉如泥。（《滿庭芳・荷花》）

堪笑多愁早老，管他閒是閒非。對花酌酒兩忘機，唱個哩𠼬羅哩。（《西江月・雪江見紅梅對酒》）

「反笑功名能幾許？槐宮非浪語。」（《謁金門・一雨掃煩暑，自漉玉友，醉餘因次韻》）這是他的悟道之言。趙長卿蓋自中年科場失利後，他幡然醒悟，不再爲榮華富貴奔走鑽營。而能安貧樂道，隨緣自適，自由自在的生活著。「閒中無寵辱，醉裏是生涯」（《臨江仙》「天外濃雲雲外雨」）、「仙源正閒散，伴我老高唐」（《臨江仙・賞興》），瀟灑閑談，詩酒生涯，無拘無束，很舒適地渡過了晚年。其實，他並未完全忘懷世事，而是不時關心著國家。「六代舊江山，滿眼興亡，一洗黃花酒」（《醉花陰・建康重九》）、「追盛事，憶烏衣，王家巷陌日沉西。興亡無限驚心語，說向時人總不知。」（《鷓鴣天・詠燕》）這都表明，他對國事的無限關注。他的適閑與安貧樂道之言，只是對不在其位、不謀其政的無奈有意識的釋放罷了。

二、以人喻花的詠物詞

趙長卿寫了許多詠物詞，其中的詠花詞很有特色。他的詠花詞，除了用描寫、舖敘手法摹狀花之形態外，或以花擬人，或以美人喻花，或人與花之感情雙向交流，將花寫得生動活潑，極有生氣，彰顯著藝術創新的特色。

第一，趙長卿的詠花詞善於用擬人手法。修辭學上的擬人手法，是以物擬人，從而使無生命的物，具有了人的某些特點。因此生動形象，栩栩如生。趙長卿的詠花詞，是特別喜歡用擬人手法的。譬如《念奴嬌・梅》：

暗裏芳心，出群標致，經歲成疏隔。如今風韻，何人依舊冰雪。

詞人詠梅，然他不像是描寫植物，而寫成了活生生的人，梅花簡直就是天仙般的美女。他用了形容女人的詞匯「芳心」、「標致」、「風韻」狀其梅之風貌，將無知的梅花，寫成了妙齡女郎，情韻悠然，生動逼眞，引發著讀者的聯想與想像，增強了藝術魅力。這種擬人手法，在其詠物詞中，隨處可見。

娉婷枝上殢春光。風流別有千般韻，割捨昏沈入醉鄉。(《鷓鴣天・荼蘼》)

玉質暗香無限意，偏婉娩，盡輕盈。今年瀟灑照岐亭。更芳馨。也崢嶸。無奈多情，終是惜飄零。(《江神子・梅》)

倚檻輕盈，萬嬌千媚，故整霞裙，笑花寂寞。(《醉蓬萊・賞郡圃芍藥》)

婀娜枝頭才見、細腰肢。玉容消得仙源惜。(《虞美人・清婉亭賞酴醿》)

腰肢先來太瘦，更眉尖、惹得閒愁。牽情處，是張郎年少，一種風流。(《勝勝慢・柳詞》)

雨浥紅裝嬌娜娜。脈脈含情，欲向風前破。(《蝶戀花・和任路分荷花》)

詞人筆下的荼蘼、梅、芍藥、荷花、柳枝，都有著美人的資質與態勢，給人以豐富的美的聯想。還有一些詞，整首都是擬人的：

鏤玉裁瓊學靚妝。不須沈水自然香。好隨梅蕊妝宮額，肯似桃花誤阮郎。　羞傅粉，賤香囊，何勞傲雪與凌霜。新來句引無情眼，拚爲東風一餉忙。(《鷓鴣天・詠荼

縻五首》之四）

詞人通過擬人的修辭手法，將荼縻寫得神采奕奕，生動逼真。

第二，趙長卿的詠花詞善於用比喻辭格，把鮮花比喻成歷史上或現實中特別漂亮的美女。以花喻人，這是古代詩詞中常見的比喻，甚至用俗了，用濫了，因此不免有點熟套可厭；而以人喻花，這在詩詞中還是比較罕見的，是富於創新意味的，因此給人以新鮮感和奇異感。唐代苦吟詩人孟郊的《看花五首》，不僅以人喻花，而且寫了人與花之間感情彌篤的戀愛，開創了古典詩歌以人喻花的先例。〔註 2〕趙長卿詞中喜歡以人喻花，將花寫得妖嬈多姿，風流多情，活潑可愛，並給花賦予了人格的內涵，開創了詞中以人喻花的範例。譬如：「二喬姊妹新妝了，照水盈盈笑。多情相約五湖遊，似向群花叢裏、騁風流。」（《虞美人・雙蓮》）詞人寫雙蓮，用歷史上著名的姊妹花二喬作比，巧妙而生動，使之神態畢現。二喬是三國時江東非常著名的美人。後嫁孫策和周瑜。《三國志》卷五四《吳書・周瑜傳》：「時橋公兩女，皆國色也。策自納大橋，瑜納小橋。」橋，一作喬。用具有傾城傾國的美女二喬的新妝打扮，比喻雙蓮，何等恰切，何等生動，不禁令人生無窮遐想。類似的例子甚多，不勝枚舉。

> 柳鶯啼曉夢初驚。香霧入簾清。胭脂淡注宮妝雅，似文君、猶帶春酲。芳心婉娩、媚容綽約，桃李總消聲。（《一叢花・杏花》）

這哪裏是寫杏花，簡直是以生華的筆姿形容卓文君之美。你看，早晨柳枝上黃鶯的叫聲，驚醒了美人的晨夢。屋子裏香烟繚繞，似層薄薄的輕紗。這位美人輕輕敷了點兒胭脂、宮粉，臉龐紅中帶白，是那麼嫩麗，原來她就是歷史上有名的卓文君。她在濃鬱的春色中，兩眼惺忪，似還沉醉未醒。詞人善於比喻，也善於描寫，將杏花之美，寫得淋漓盡致，美不勝收。

類似的例子很多，描寫上各顯特色。

〔註 2〕 房日晰：《唐詩比較研究》，第 304 頁，安徽大學出版社，2005 年。

碧桃銷恨猶堪愛。妃子今何在。(《虞美人·深春》)

翠蔓扶疏隱映，似碧紗籠罩，越溪遊女。(《水龍吟·酴醾》)

葦綃開得仙花，就中最有佳人似。(《水龍吟·李詞》)

綽約藕花初過雨，出浴楊妃無語。(《清平樂·忠孝堂雨過，荷花爛然，晚晴可人，因呈李宜山同舍》)

洗盡鉛華不著妝，一般眞色自生香。飄飄何處淩波女，故故相迎馬上郎。(《鷓鴣天·詠荼蘼五首》之三)

詞人用了妃子、佳人、西施（遊女）、楊貴妃、凌波女等，來比喻花之美麗。在比喻方式上，有明喻、隱喻、借喻，儘管比喻方式不同，但都能做到生動、恰切，各盡其妙。

第三，有寫人與花之感情互動交流者。如《菩薩蠻·梅》：

人憐花淡薄，花恨人牢落。不似那回時，醺醺醉玉肌。

又《菩薩蠻》「春山已蹙眉峯綠」：

對花深有意。且向花前醉。花作有情香。與人相久長。

這類例證不多，也不十分精彩，但畢竟是詞的藝術創新上的一種嘗試。這種嘗試對詞的藝術表現方式的開拓，是值得我們重視的。

三、瀟灑淡遠的詞風

有無獨特的藝術風格，是衡量詞人創作是否成熟的一個重要標誌。趙長卿在詞的創作上，形成了自己獨特的藝術風格。其詞的主導風格，可以用蕭疏淡遠、清雅通俗八個字來概括。關於他詞的風格，古代詞論家早已論及，並且作了十分精闢的概括。永瑢云：「長卿恬於進取，觴詠自適，隨意成文，亦頗有淡遠蕭疏之致。」〔註3〕永瑢說他的爲人：「恬於進取，觴詠自適」，因此詞的風格才「頗有淡遠蕭疏之致。」這與法國布封的「風格即人」之著名論斷不謀而合。馮煦則謂「坦庵介庵惜香皆宋氏宗室，所作並亦清雅可誦。」〔註4〕他之

〔註3〕 永瑢等：《四庫全書簡明目錄》，第897頁，中華書局，1964。

〔註4〕 馮煦：《蒿庵詞話》，人民文學出版社，第63頁，1959。

所謂清雅，是就詞品而言的。趙長卿詞雖然在語言上極力追求自然通俗，幾乎所有的詞，都是用通俗的書面語言寫成的，然他卻能作到俗不傷雅，他的詞不僅沒有沾染絲毫的俗氣，而且還能做到清通雅潔，詞品頗高。雅是就其詞的內容而言的，所以雖然外在的語言表現是很通俗的，但其立意與情致卻是雋秀雅潔的。他的詞絕大部分是風花雪月的詠物與思親念遠的抒寫。既沒有像柳永詞那樣極力表現或追摹市民的生活情調，也很少有那種爲功名利祿而奔競，爲蠅頭微利而追逐的俗氣。他人品高尚，襟懷寬廣。在科場失利後，他把功名看的開，把利祿看的淡，把世情參的透。不再奔競鑽營，而能恬然自適。其詞則情思淡遠，頗有瀟灑之致。譬如《如夢令》：

居士年來懶散。凡事只從寬簡。身外更無求，只要夏涼冬暖。美滿，美滿，得過何須積攢。

這是他爲人處世的極坦率的自白。不汲汲名利，故不必奔走交遊以打通人事關係，達到出仕的目的。他自奉簡約，更沒有什麼奢望，只要有起碼的生活保障，就心滿意足了。因此，他的詞集中，有許多風格蕭疏淡遠而又雅致的詞。譬如《菩薩蠻・霜天旅思》：

霜風颯颯溪山碧。寒波一望傷行色。落日淡荒村。人家半掩門。　孤舟移野渡。古木棲鴉聚。著雨曉風酸，貂裘不奈寒。

時令已是深秋了，野外一片蕭疏。又是傍晚來臨了，孤零零的一葉小舟移到了渡口。古老的樹有許多烏鴉棲居。下了一陣雨，晚風吹得令人骨頭發酸。雖然穿著貂裘，仍然覺得很冷。風景蕭疏，行人念遠，自有孤寂之感。

又如《菩薩蠻・初冬》：

敗葉倒盡芙蓉老。寒光黯淡迷衰草。行客已銷魂，笛飛何處村。　雲寒天借碧。樹瘦煙籠直。若個是鄉關。夕陽西去山。

夕陽西下而鄉關極遠，加上這初冬異常衰颯的風光，怎能不使人心情不快？然詩人並沒有顯出特別的憂愁與焦慮。由此可見，他有著頗爲寬廣的器度與胸懷。餘如《霜天曉角・和梅》、《點絳脣・月夜》、《菩薩蠻・初冬旅思》等，詞風都是蕭疏淡遠的。總之，這些詞的內容境界是蕭疏的，情調是淡遠的，語言是通俗的，感情是淳眞的。這是趙長卿詞的主導風格。

一個大詞人，除了主導風格之外，往往還有其他風格，趙長卿也不例外。如《水調調頭・賞月》，就寫得豪放飄逸，頗類東坡的某些豪放詞：

> 把酒相勞苦，月色耀天章。冰輪碾破寒碧，飛入酒樽涼。擊節詞人妙句，吸此清輝萬丈，肺腑亦生光。攬袂欲仙舉，逸興共天長。　　日邊客，幕中俊，坐間狂。浩歌清嘯，恍然雲海渺茫茫。喚醒謫仙蘇二，何事常愁客少，更恐被雲妨。月與人長好，廣大醉爲鄉。

此詞想像豐富奇特，語言流麗俊美，情調豪放飄逸，直可與坡仙詞媲美。餘如《水龍吟》「危樓橫沈清江上」、《水調歌頭・元日客寧都》、《水龍吟》「酒潮勻頰雙眸溜」，也都頗有豪放飄逸之致。其中《水調歌頭》「危樓橫枕清江上」，詞人逸興遄飛，筆下景色如畫，詞情流宕雋美，令人讚嘆不置。

《御街行・夜雨》、《攤破醜奴兒・梅詞》、《有有令・歲殘》等，則寫得通俗流暢，可歌可唱，頗像俗曲。譬如《攤破醜奴兒・梅詞》：

> 樹頭紅葉飛都盡，景物淒涼。秀出群芳。又見江梅淺淡妝。也囉，眞個是、可人香。　　蘭魂蕙魄應羞死，獨占風光。夢斷高堂。月送疏枝過女墻。也囉，眞個是、可人香。

此詞調子輕鬆活潑，頗有俗曲的韻味。

趙長卿詞從主導風格的確立到風格的多樣化，說明他創作的成熟，並取得了較高的藝術成就。

四、富有個性特色的文學語言

詞作爲文學品類之一，屬於語言藝術。對語言的精心選擇與運用，最能體現出作者的匠心與技巧。趙長卿詞的語言，大都是用了明白曉暢、清雅可誦的書面語，顯出自然、雋秀、流暢的特色，幾乎全是白描，極少修飾和用典。譬如：

亂疊青錢荷葉小。濃綠陰陰，學語雛鶯巧。小樹飛花芳徑草。堆紅襯碧於中好。　梅子弄黃枝上早。春已歸時，戲蝶遊蜂少。細把新詞才和了。雞聲已喚窗紗曉。（《蝶戀花・初夏》）

柳上斜陽紅萬縷，烘人滿院荷香。晚涼初浴略梳妝。冠兒輕替枕，衫子染鶯黃。　蓄意新詞輕緩唱，殷勤滿捧瑤觴。醉鄉日月得能長。仙源正閑散，伴我老高唐。（《臨江仙・賞興》）

他的詞學習並繼承了秦觀、李清照、朱敦儒等人的傳統，語言通俗、雋美、雅致，或者徑用了白描筆法，語言自然俊秀，明麗天然。這類詞是他的主調，占其全部詞作的百分之八十以上。除此而外，在他的少數詞作中，熟練地使用口頭語、兒化的詞語並夾雜了一些方言土語，更接近民間語言的原生態，更富有地域情趣。

（一）詞語的兒化：趙長卿詞中兒字運用之多，在宋人詞集中還是少見的。它使詞的語言表達更通俗更口語化，也更接近語言的原生態，輕柔、軟綿，讀起來富於親切感。譬如：

1、風兒住，裝撰些兒雨。（《御街行・夜雨》）

2、閣兒幽靜處，圍爐面小窗。好是斗頭兒坐，梅烟炷，返魂香。（《霜天曉角・霜夜小酌》）

3、手兒但把心兒托。（《滿江紅》「懊惱平生」）

4、馬兒行過坡兒下。（《花心動・客中見梅寄暖香書院》）

5、便引得魚兒開口。……覷著、一面兒酒。（《簇水》「長憶當初」）

以上五個例句，都是連用了兒字，自然、輕巧、本色，使語句軟化和輕柔化，彰顯著詞作爲女性文學的語言特色。至於他詞中單用一個兒字的句子就很多了。如「茅店兒前」（《柳梢青・過何郎石見小梅》)、「新鮮冠兒直」(《念奴嬌・席上即事》)、「依舊窗兒下」(《御街行・柯山故人別後改圖,因作此》)、「繡草冠兒小」(《夜行船・詠美人》)、「美底腔兒」(《眼兒媚・東園適人乞詞,醉中書裙帶三首》之二)、「一寸心兒」(《賀新郎》)「負你千行淚」,「上得船兒來了」(《雨中花慢》「帊子分香」)、「天色兒、苦恁淒惶」(《似娘兒・殘秋》)、「天色兒、漸冷落」(《品令・秋日感懷》),如此等等,簡直不勝枚舉。兒字運用之醇熟,已達到出神入化的地步。

(二)巧妙地運用語氣詞,使詞生動鮮活,更加口語化和世俗化,極易爲民眾所接受。

1、也囉,眞個是,可人香。(《攤破醜奴兒・詠梅》)

2、忒煞容易。(《水龍吟》「無情風掠芭蕉響」)

3、似恁愁煩那裏泊。(《賀新郎》「負你千行淚」)

4、今宵拚著醉眠呵!(《踏莎行・夜涼》)

5、上了燈兒,不知睡哩坐哩。(《品令》「黃昏時候」)

也囉、忒煞、似恁、呵、哩,這些語氣詞的運用,使詞的句子成爲原汁原味的口頭話、家常語。袁枚謂「家常語入詩最妙」〔註5〕「口頭話說得出,便是天籟。」〔註6〕這些天籟式的詞句,自然爲讀者喜愛和樂意接受。

(三)詞中用了較多的方言土語。譬如忔戲、拈弄、積攢、僝僽、參揣、遮莫、打疊、煞曾、消得、鱉氣、忒煞、似恁、擱就、臑著、胡巴、豪懣、漫惹、俺咱、裝撰、擔帶、乾忙。這些方言詞匯的運用,使詞的語言更接近原生態,不僅自然貼切,眞實生動,更富於表現力。對方言區的人,更有感染力。而且詞匯已爲廣大讀者逐漸熟悉,如忔戲、拈弄、積攢、遮莫、消得、鱉氣、擔帶、乾忙等。從而豐富了祖國的語言寶庫。當然,這些詞語大部分並不通

〔註5〕 謝璇:《詳注隨園詩話補遺》,卷一,第6頁,第12,上海會文堂書局,中華民國12年。

〔註6〕 同上。

行。因此，對非方言區的人，讀起來就難免生澀，隔膜，增加了理解的難度。就詞人主觀意圖說，自然想讓詞更通俗更口語化，更接近語言的原生態，強化詞的親和力。這種生澀、隔膜，是在破舊創新中出現的缺點，似可原諒的。